Tucholsky
Wagner
Zola
Scott
Sydow
Fonatne
Freud
Schlegel
Turgenev
Wallace
Twain
Walther von der Vogelweide
Fouqué
Friedrich II. von Preußen
Weber
Freiligrath
Frey
Kant
Ernst
Fechner
Fichte
Weiße Rose
von Fallersleben
Richthofen
Frommel
Hölderlin
Engels
Fielding
Eichendorff
Tacitus
Dumas
Fehrs
Faber
Flaubert
Eliasberg
Ebner Eschenbach
Feuerbach
Maximilian I. von Habsburg
Fock
Eliot
Zweig
Vergil
Ewald
Elisabeth von Österreich
London
Goethe
Mendelssohn
Balzac
Shakespeare
Dostojewski
Ganghofer
Lichtenberg
Rathenau
Doyle
Gjellerup
Trackl
Stevenson
Hambruch
Mommsen
Tolstoi
Lenz
Hanrieder
Droste-Hülshoff
Thoma
von Arnim
Hägele
Hauff
Humboldt
Dach
Verne
Reuter
Rousseau
Hagen
Hauptmann
Gautier
Karrillon
Garschin
Defoe
Baudelaire
Damaschke
Descartes
Hebbel
Hegel
Kussmaul
Herder
Wolfram von Eschenbach
Dickens
Schopenhauer
Rilke
George
Bronner
Darwin
Melville
Grimm
Jerome
Bebel
Proust
Campe
Horváth
Aristoteles
Voltaire
Federer
Herodot
Bismarck
Vigny
Barlach
Heine
Gengenbach
Storm
Casanova
Tersteegen
Grillparzer
Georgy
Chamberlain
Lessing
Langbein
Gilm
Gryphius
Brentano
Claudius
Schiller
Lafontaine
Strachwitz
Kralik
Iffland
Sokrates
Katharina II. von Rußland
Bellamy
Schilling
Gerstäcker
Raabe
Gibbon
Tschechow
Löns
Hesse
Hoffmann
Gogol
Wilde
Gleim
Vulpius
Luther
Heym
Hofmannsthal
Klee
Hölty
Morgenstern
Goedicke
Roth
Heyse
Klopstock
Kleist
Luxemburg
Puschkin
Homer
Mörike
Musil
Machiavelli
La Roche
Horaz
Kierkegaard
Kraft
Kraus
Navarra
Aurel
Musset
Lamprecht
Kind
Kirchhoff
Hugo
Moltke
Nestroy
Marie de France
Laotse
Ipsen
Liebknecht
Nietzsche
Nansen
Ringelnatz
Marx
Lassalle
Gorki
Klett
von Ossietzky
May
Leibniz
vom Stein
Lawrence
Irving
Petalozzi
Platon
Knigge
Sachs
Pückler
Michelangelo
Kock
Kafka
Poe
Liebermann
de Sade
Praetorius
Mistral
Zetkin
Korolenko

Der Verlag tredition aus Hamburg veröffentlicht in der Reihe **TREDITION CLASSICS** Werke aus mehr als zwei Jahrtausenden. Diese waren zu einem Großteil vergriffen oder nur noch antiquarisch erhältlich.

Symbolfigur für **TREDITION CLASSICS** ist Johannes Gutenberg (1400 — 1468), der Erfinder des Buchdrucks mit Metalllettern und der Druckerpresse.

Mit der Buchreihe **TREDITION CLASSICS** verfolgt tredition das Ziel, tausende Klassiker der Weltliteratur verschiedener Sprachen wieder als gedruckte Bücher aufzulegen – und das weltweit!

Die Buchreihe dient zur Bewahrung der Literatur und Förderung der Kultur. Sie trägt so dazu bei, dass viele tausend Werke nicht in Vergessenheit geraten.

Pankraz, der Schmoller

Gottfried Keller

Impressum

Autor: Gottfried Keller
Umschlagkonzept: toepferschumann, Berlin

Verlag: tredition GmbH, Hamburg
ISBN: 978-3-8424-6893-1
Printed in Germany

Gottfried Keller

Pankraz, der Schmoller

Auf einem stillen Seitenplätzchen, nahe an der Stadtmauer, lebte die Witwe eines Seldwylers, der schon lange fertig geworden und unter dem Boden lag. Dieser war keiner von den schlimmsten gewesen, vielmehr fühlte er eine so starke Sehnsucht, ein ordentlicher und fester Mann zu sein, daß ihn der herrschende Ton, dem er als junger Mensch nicht entgehen konnte, angriff, und als seine Glanzzeit vorübergegangen und er der Sitte gemäß abtreten mußte von dem Schauplatze der Taten, da erschien ihm alles wie ein wüster Traum und wie ein Betrug um das Leben, und er bekam davon die Auszehrung und starb unverweilt.

Er hinterließ seiner Witwe ein kleines baufälliges Häuschen, einen Kartoffelacker vor dem Tore und zwei Kinder, einen Sohn und eine Tochter. Mit dem Spinnrocken verdiente sie Milch und Butter, um die Kartoffeln zu kochen, die sie pflanzte, und ein kleiner Witwengehalt, den der Armenpfleger jährlich auszahlte, nachdem er ihn jedesmal einige Wochen über den Termin hinaus in seinem Geschäfte benutzt, reichte gerade zu dem Kleiderbedarf und einigen anderen kleinen Ausgaben hin. Dieses Geld wurde immer mit Schmerzen erwartet, indem die ärmlichen Gewänder der Kinder gerade um jene verlängerten Wochen zu früh gänzlich schadhaft waren und der Buttertopf überall seinen Grund durchblicken ließ. Dieses Durchblicken des grünen Topfbodens war eine so regelmäßige jährliche Erscheinung, wie irgendeine am Himmel, und verwandelte ebenso regelmäßig eine Zeitlang die kühle, kümmerlichstille Zufriedenheit der Familie in eine wirkliche Unzufriedenheit. Die Kinder plagten die Mutter um besseres und reichlicheres Essen; denn sie hielten sie in ihrem Unverstande für mächtig genug dazu, weil sie ihr ein und alles, ihr einziger Schutz und ihre einzige Oberbehörde war. Die Mutter war unzufrieden, daß die Kinder nicht entweder mehr Verstand oder mehr zu essen oder beides zusammen erhielten.

Besagte Kinder aber zeigten verschiedene Eigenschaften. Der Sohn war ein unansehnlicher Knabe von vierzehn Jahren, mit grauen Augen und ernsthaften Gesichtszügen, welcher des Morgens lang im Bette lag, dann ein wenig in einem zerrissenen Geschichts- und Geographiebuche las und alle Abend, sommers wie winters, auf den Berg lief, um dem Sonnenuntergang beizuwohnen, welches die einzige glänzende und pomphafte Begebenheit war, welche sich für ihn zutrug. Sie schien für ihn etwa das zu sein, was für die Kaufleute der Mittag auf der Börse; wenigstens kam er mit ebenso abwechselnder Stimmung von diesem Vorgang zurück, und wenn es recht rotes und gelbes Gewölk gegeben, welches gleich großen Schlachtheeren in Blut und Feuer gestanden und majestätisch manövriert hatte, so war er eigentlich vergnügt zu nennen.

Dann und wann, jedoch nur selten, beschrieb er ein Blatt Papier mit seltsamen Listen und Zahlen, welches er dann zu einem kleinen Bündel legte, das durch ein Endchen alte Goldtresse zusammengehalten wurde. In diesem Bündelchen stak hauptsächlich ein kleines Heft, aus einem zusammengefalteten Bogen Goldpapier gefertigt, dessen weiße Rückseiten mit allerlei Linien, Figuren und aufgereihten Punkten, dazwischen Rauchwolken und fliegende Bomben, gefüllt und beschrieben waren. Dies Büchlein betrachtete er oft mit großer Befriedigung und brachte neue Zeichnungen darin an, meistens um die Zeit, wenn das Kartoffelfeld in voller Blüte stand. Er lag dann im blühenden Kraut unter dem blauen Himmel, und wenn er eine weiße beschriebene Seite betrachtet hatte, so schaute er dreimal so lange in das gegenüberstehende glänzende Goldblatt, in welchem sich die Sonne brach. Im übrigen war es ein eigensinniger und zum Schmollen geneigter Junge, welcher nie lachte und auf Gottes lieber Welt nichts tat oder lernte.

Seine Schwester war zwölf Jahre alt und ein bildschönes Kind mit langem und dickem braunem Haar, großen braunen Augen und der allerweißesten Hautfarbe. Dies Mädchen war sanft und still, ließ sich vieles gefallen und murrte weit seltener als sein Bruder. Es besaß eine helle Stimme und sang gleich einer Nachtigall; doch obgleich es mit alle diesem freundlicher und lieblicher war als der Knabe, so gab die Mutter doch diesem scheinbar den Vorzug und begünstigte ihn in seinem Wesen, weil sie Erbarmen mit ihm hatte, da er nichts lernen und es ihm wahrscheinlicherweise einmal recht schlecht ergehen konnte, während nach ihrer Ansicht das Mädchen nicht viel brauchte und schon deshalb unterkommen würde.

Dieses mußte daher unaufhörlich spinnen, damit das Söhnlein desto mehr zu essen bekäme und recht mit Muße sein einstiges

Unheil erwarten könne. Der Junge nahm dies ohne weiteres an und gebärdete sich wie ein kleiner Indianer, der die Weiber arbeiten läßt, und auch seine Schwester empfand hievon keinen Verdruß und glaubte, das müsse so sein.

Die einzige Entschädigung und Rache nahm sie sich durch eine allerdings arge Unzukömmlichkeit, welche sie sich beim Essen mit List oder Gewalt immer wieder erlaubte. Die Mutter kochte nämlich jeden Mittag einen dicken Kartoffelbrei, über welchen sie eine fette Milch oder eine Brühe von schöner brauner Butter goß. Diesen Kartoffelbrei aßen sie alle zusammen aus der Schüssel mit ihren Blechlöffeln, indem jeder vor sich eine Vertiefung in das feste Kartoffelgebirge hineingrub. Das Söhnlein, welches bei aller Seltsamkeit in Eßangelegenheiten einen strengen Sinn für militärische Regelmäßigkeit beurkundete und streng darauf hielt, daß jeder nicht mehr noch weniger nahm als was ihm zukomme, sah stets darauf, daß die Milch oder die gelbe Butter, welche am Rande der Schüssel umherfloß, gleichmäßig in die abgeteilten Gruben laufe; das Schwesterchen hingegen, welches viel harmloser war, suchte, sobald ihre Quellen versiegt waren, durch allerhand künstliche Stollen und Abzugsgräben die wohlschmeckenden Bächlein auf ihre Seite zu leiten, und wie sehr sich auch der Bruder dem widersetzte und ebenso künstliche Dämme aufbaute und überall verstopfte, wo sich ein verdächtiges Loch zeigen wollte, so wußte sie doch immer wieder eine geheime Ader des Breies zu eröffnen oder langte kurzweg in offenem Friedensbruch mit ihrem Löffel und mit lachenden Augen in des Bruders gefüllte Grube. Alsdann warf er den Löffel weg, lamentierte und schmollte, bis die gute Mutter die Schüssel zur Seite neigte und ihre eigene Brühe voll in das Labyrinth der Kanäle und Dämme ihrer Kinder strömen ließ.

So lebte die kleine Familie einen Tag wie den andern, und indem dies immer so blieb, während doch die Kinder sich auswuchsen, ohne daß sich eine günstige Gelegenheit zeigte, die Welt zu erfassen und irgend etwas zu werden, fühlten sich alle immer unbehaglicher und kümmerlicher in ihrem Zusammensein. Pankraz, der Sohn, tat und lernte fortwährend nichts als eine sehr ausgebildete und künstliche Art zu schmollen, mit welcher er seine Mutter, seine Schwester und sich selbst quälte. Es ward dies eine ordentliche und interessante Beschäftigung für ihn, bei welcher er die müßigen Seelenkräfte fleißig übte im Erfinden von hundert kleinen häuslichen Trauerspielen, die er veranlaßte und in welchen er behende und meisterlich den steten Unrechtleider zu spielen wußte. Estherchen, die Schwester, wurde dadurch zu reichlichem Weinen gebracht, durch welches aber die Sonne ihrer Heiterkeit schnell wieder hervorstrahlte. Diese Oberflächlichkeit ärgerte und kränkte dann den Pankraz so, daß er immer längere Zeiträume hindurch schmollte und aus selbstgeschaffenem Ärger selbst heimlich weinte.

Doch nahm er bei dieser Lebensart merklich zu an Gesundheit und Kräften, und als er diese an seinen Gliedern anwachsen fühlte, erweiterte er seinen Wirkungskreis und strich mit einer tüchtigen Baumwurzel oder einem Besenstiel in der Hand durch Feld und Wald, um zu sehen, wie er irgendwo ein tüchtiges Unrecht auftreiben und erleiden könne. Sobald sich ein solches zur Not dargestellt und entwickelt, prügelte er unverweilt seine Widersacher auf das jämmerlichste durch, und er erwarb sich und bewies in dieser seltsamen Tätigkeit eine solche Gewandtheit, Energie und feine Taktik, sowohl im Ausspüren und Aufbringen des Feindes als im Kampfe, daß er sowohl einzelne ihm an Stärke weit überlegene Jünglinge als ganze Trupps derselben entweder besiegte oder wenigstens einen ungestraften Rückzug ausführte.

War er von einem solchen wohlgelungenen Abenteuer zurückgekommen, so schmeckte ihm das Essen doppelt gut und die Seinigen erfreuten sich dann einer heiteren Stimmung. Eines Tages aber war es ihm doch begegnet, daß er, statt welche auszuteilen, beträchtliche Schläge selbst geerntet hatte, und als er voll Scham, Verdruß und Wut nach Hause kam, hatte Estherchen, welche den ganzen Tag gesponnen, dem Gelüste nicht widerstehen können und sich noch einmal über das für Pankraz aufgehobene Essen hergemacht und davon einen Teil gegessen, und zwar, wie es ihm vorkam, den besten. Traurig und wehmütig, mit kaum verhaltenen Tränen in den Augen, besah er das unansehnliche, kalt gewordene Restchen, während die schlimme Schwester, welche schon wieder am Spinnrädchen saß, unmäßig lachte.

Das war zuviel, und nun mußte etwas Gründliches geschehen. Ohne zu essen, ging Pankraz hungrig in seine Kammer, und als ihn am Morgen seine Mutter wecken wollte, daß er doch zum Frühstück käme, war er verschwunden und nirgends zu finden. Der Tag verging, ohne daß er kam, und ebenso der zweite und dritte Tag. Die Mutter und Estherchen gerieten in große Angst und Not; sie sahen wohl, daß er vorsätzlich davongegangen, indem er seine Habseligkeiten mitgenommen. Sie weinten und klagten unaufhörlich, wenn alle Bemühungen fruchtlos blieben, eine Spur von ihm zu entdecken, und als nach Verlauf eines halben Jahrs Pankrazius verschwunden war und blieb, ergaben sie sich mit trauriger Seele in ihr Schicksal, das ihnen nun doppelt einsam und arm erschien.

Wie lang wird nicht eine Woche, ja nur ein Tag, wenn man nicht weiß, wo diejenigen, die man liebt, jetzt stehn und gehn, wenn eine solche Stille darüber durch die Welt herrscht, daß allnirgends auch nur der leiseste Hauch von ihrem Namen ergeht, und man weiß doch, sie sind da und atmen irgendwo.

So erging es der Mutter und dem Estherlein fünf Jahre, zehn Jahre und fünfzehn Jahre, einen Tag wie den andern, und sie wußten nicht, ob ihr Pankrazius tot oder lebendig sei. Das war ein langes und gründliches Schmollen, und Estherchen, welches eine schöne Jungfrau geworden, wurde darüber zu einer hübschen und feinen alten Jungfer, welche nicht nur aus Kindestreue bei der alternden Mutter blieb, sondern ebensowohl aus Neugierde, um ja in dem Augenblicke da zu sein, wo der Bruder sich endlich zeigen würde, und zu sehen, wie die Sache eigentlich verlaufe. Denn sie war guter Dinge und glaubte fest, daß er eines Tages wiederkäme und daß es dann etwas Rechtes auszulachen gäbe. Übrigens fiel es ihr nicht schwer, ledig zu bleiben, da sie klug war und wohl sah, wie bei den Seldwylern nicht viel dahintersteckte an dauerhaftem Lebensglücke und sie dagegen mit ihrer Mutter unveränderlich in einem kleinen Wohlständchen lebte, ruhig und ohne Sorgen; denn sie hatten ja einen tüchtigen Esser weniger und brauchten für sich fast gar nichts.

Da war es einst ein heller schöner Sommernachmittag, mitten in der Woche, wo man so an gar nichts denkt und die Leute in den kleinen Städten fleißig arbeiten. Der Glanz von Seldwyla befand sich sämtlich mit dem Sonnenschein auf den übergrünten Kegelbahnen vor dem Tore oder auch in kühlen Schenkstuben in der Stadt. Die Falliten und Alten aber hämmerten, näheten, schusterten, klebten, schnitzelten und bastelten gar emsig darauf los, um den langen Tag zu benutzen und einen vergnügten Abend zu erwerben, den sie nunmehr zu würdigen verstanden. Auf dem kleinen Platze, wo die Witwe wohnte, war nichts als die stille Sommersonne auf dem begrasten Pflaster zu sehen; an den offenen Fenstern aber arbeiteten ringsum die alten Leute und spielten die Kinder. Hinter einem blühenden Rosmaringärtchen auf einem Brette saß die Witwe und spann und ihr gegenüber Estherchen und nähete. Es waren schon einige Stunden seit dem Essen verflossen und noch hatte niemand eine Zwiesprache gehalten von der ganzen Nachbarschaft. Da fand der Schuhmacher wahrscheinlich, daß es Zeit sei, eine kleine Erholungspause zu eröffnen, und nieste so laut und mutwillig: hupschi! daß alle Fenster zitterten und der Buchbinder gegenüber, der eigentlich kein Buchbinder war, sondern nur so aus dem Stegreif allerhand Pappkästchen zusammenleimte und an der Türe ein verwittertes Glaskästchen hängen hatte, in welchem eine Stange Siegellack an der Sonne krumm wurde, dieser Buchbinder rief. Zur Gesundheit! und alle Nachbarsleute lachten. Einer nach dem andern steckte den Kopf durch das Fenster, einige traten sogar vor die Türe und gaben sich Prisen, und so war das Zeichen gegeben zu einer kleinen Nachmittagsunterhaltung und zu einem fröhlichen Gelächter während des Vesperkaffees, der schon aus allen Häusern duftete und zichorierte. Diese hatten endlich gelernt, sich aus wenigem einen Spaß zu machen. Da kam in dies Vergnügen herein ein fremder Leiermann mit einem schön polierten Orgelkasten, was in der Schweiz eine ziemliche Seltenheit ist, da sie keine eingeborene Leiermänner besitzt. Er spielte ein sehnsüchtiges Lied von der Ferne und ihren Dingen, welches die Leute über die Maßen schön dünkte und besonders der Witwe Tränen entlockte, da sie ihres Pankräzchens gedachte, das nun schon viele Jahre verschwunden war. Der Schuhmacher gab dem Manne einen Kreuzer, er zog ab und das Plätzchen wurde wieder still. Aber nicht lange nachher kam ein anderer Herumtreiber mit einem großen fremden Vogel in einem

Käfig, den er unaufhörlich zwischen dem Gitter durch mit einem Stäbchen anstach und erklärte, so daß der traurige Vogel keine Ruhe hatte. Es war ein Adler aus Amerika; und die fernen blauesten Länder, über denen er in seiner Freiheit geschwebt, kamen der Witwe in den Sinn und machten sie um so trauriger als sie gar nicht wußte, was das für Länder wären noch wo ihr Söhnchen sei. Um den Vogel zu sehen, hatten die Nachbaren auf das Plätzchen hinaustreten müssen, und als er nun fort war, bildeten sie eine Gruppe, steckten die Nasen in die Luft und lauerten auf noch mehr Merkwürdigkeiten, da sie nun doch die Lust ankam, den übrigen Tag zu vertrödeln.

Diese Lust wurde denn auch erfüllt und es dauerte nicht lange, bis das allergrößte Spektakel sich mit großem Lärm näherte unter dem Zulauf aller Kinder des Städtchens. Denn ein mächtiges Kamel schwankte auf den Platz, von mehreren Affen bewohnt; ein großer Bär wurde an seinem Nasenringe herbeigeführt; zwei oder drei Männer waren dabei, kurz ein ganzer Bärentanz führte sich auf und der Bär tanzte und machte seine possierlichen Künste, indem er von Zeit zu Zeit unwirsch brummte, daß die friedlichen Leute sich fürchteten und in scheuer Entfernung dem wilden Wesen zuschauten. Estherchen lachte und freute sich unbändig über den Bären, wie er so zierlich umherwatschelte mit seinem Stecken, über das Kamel mit seinem selbstvergnügten Gesicht und über die Affen. Die Mutter dagegen mußte fortwährend weinen; denn der böse Bär erbarmte sie, und sie mußte wiederum ihres verschollenen Sohnes gedenken.

Als endlich auch dieser Aufzug wieder verschwunden und es wieder still geworden, indem die aufgeregten Nachbaren sich mit seinem Gefolge ebenfalls aus dem Staube gemacht, um da oder dort zu einem Abendschöppchen unterzukommen, sagte Estherchen: »Mir ist es nun zumute, als ob der Pankraz ganz gewiß heute noch kommen würde, da schon so viele unerwartete Dinge geschehen und solche Kamele, Affen und Bären dagewesen sind!« Die Mutter ward böse darüber, daß sie den armen Pankraz mit diesen Bestien sozusagen zusammenzählte und auslachte, und hieß sie schweigen, nicht innewerdend, daß sie ja selbst das gleiche getan in ihren Gedanken. Dann sagte sie seufzend: »Ich werde es nicht erleben, daß er wiederkommt!«

Indem sie dies sagte, begab sich die größte Merkwürdigkeit dieses Tages und ein offener Reisewagen mit einem Extrapostillion fuhr mit Macht auf das stille Plätzchen, das von der Abendsonne noch halb bestreift war. In dem Wagen saß ein Mann, der eine Mütze trug, wie die französischen Offiziere sie tragen, und ebenso trug er einen Schnurr- und Kinnbart und ein gänzlich gebräuntes und ausgedörrtes Gesicht zur Schau, das überdies einige Spuren von Kugeln und Säbelhieben zeigte. Auch war er in einen Burnus gehüllt, alles dies, wie es französische Militärs aus Afrika mitzubringen pflegen, und die Füße stemmte er gegen eine kolossale Löwenhaut, welche auf dem Boden des Wagens lag; auf dem Rücksitze vor ihm lag ein Säbel und eine halblange arabische Pfeife neben andern fremdartigen Gegenständen.

Dieser Mann sperrte ungeachtet des ernsten Gesichtes, das er machte, die Augen weit auf und suchte mit denselben rings auf dem Platze ein Haus, wie einer, der aus einem schweren Traume erwacht. Beinahe taumelnd sprang er aus dem Wagen, der von ungefähr auf der Mitte des Plätzchens stillhielt; doch ergriff er die Löwenhaut und seinen Säbel und ging sogleich sicheren Schrittes in das Häuschen der Witwe, als ob er erst vor einer Stunde aus demselben gegangen wäre. Die Mutter und Estherchen sahen dies voll Verwunderung und Neugierde und horchten auf, ob der Fremde die Treppe heraufkäme; denn obgleich sie kaum noch von Pankrazius gesprochen, hatten sie in diesem Augenblick keine Ahnung, daß er es sein könnte, und ihre Gedanken waren von der überraschten Neugierde himmelweit von ihm weggeführt. Doch urplötzlich erkannten sie ihn an der Art, wie er die obersten Stufen übersprang und über den kurzen Flur weg fast gleichzeitig die Klinke der Stubentür ergriff, nachdem er wie der Blitz vorher den lose steckenden Stubenschlüssel fester ins Schloß gestoßen, was sonst immer die Art des Verschwundenen gewesen, der in seinem Müßiggange eine seltsame Ordnungsliebe bewährt hatte. Sie schrieen laut auf und standen festgebannt vor ihren Stühlen, mit offenem Munde nach der aufgehenden Türe sehend. Unter dieser stand der fremde Pankrazius mit dem dürren und harten Ernste eines fremden Kriegsmannes, nur zuckte es ihm seltsam um die Augen, indessen die Mutter erzitterte bei seinem Anblick und sich nicht zu helfen wußte und selbst Estherchen zum erstenmal gänzlich verblüfft war und sich nicht zu regen wagte. Doch alles dies dauerte nur einen Augenblick; der Herr Oberst, denn nichts Geringeres war der verlorene Sohn, nahm mit der Höflichkeit und Achtung, welche ihn die wilde Not des Lebens gelehrt, sogleich die Mütze ab, was er nie getan, wenn er früher in die Stube getreten; eine unaussprechliche Freundlichkeit, wenigstens wie es den Frauen vorkam, die ihn nie freundlich gesehen noch also denken konnten, verbreitete sich über das gefurchte und doch noch nicht alte Soldatengesicht und ließ schneeweiße Zähne sehen, als er auf sie zueilte und beide mit ausbrechendem Herzensweh in die Arme schloß.

Hatte die Mutter erst vor dem martialischen und vermeintlich immer noch bösen Sohne sonderbar gezittert, so zitterte sie jetzt erst recht in scheuer Seligkeit, da sie sich in den Armen dieses wiedergekehrten Sohnes fühlte, dessen achtungsvolles Mützenabnehmen und dessen aufleuchtende, nie gesehene Anmut, wie sie nur die Rührung und die Reue gibt, sie schon wie mit einem Zauberschlage berührt hatten. Denn noch ehe das Bürschchen sieben Jahre alt gewesen, hatte es schon angefangen sich ihren Liebkosungen zu entziehen, und seither hatte Pankraz in bitterer Sprödigkeit und Verstockung sich gehütet, seine Mutter auch nur mit der Hand zu berühren, abgesehen davon, daß er unzählige Male schmollend zu Bett gegangen war, ohne Gutenacht zu sagen. Daher bedünkte es sie nun ein unbegreiflicher und wundersamer Augenblick, in welchem ein ganzes Leben lag, als sie jetzt nach wohl dreißig Jahren sozusagen zum erstenmal sich von dem Sohne umfangen sah. Aber auch Estherchen bedünkte dieses veränderte Wesen so ernsthaft und wichtig, daß sie, die den Schmollenden tausendmal ausgelacht hatte, jetzt nicht im mindesten den bekehrten Freundlichen anzulachen vermochte, sondern mit klaren Tränen in den Augen nach ihrem Sesselchen ging und den Bruder unverwandt anblickte.

Pankraz war der erste, der sich nach mehreren Minuten wieder zusammennahm und als ein guter Soldat einen Übergang und Ausweg dadurch bewerkstelligte, daß er sein Gepäck heraufbeförderte. Die Mutter wollte mit Estherchen helfen; aber er führte sie äußerst holdselig zu ihrem Sitze zurück und duldete nur, daß Estherchen zum Wagen herunterkam und sich mit einigen leichten Sachen belud. Den weitern Verlauf führte indessen Estherchen herbei, welche bald ihren guten Humor wiedergewann und nicht länger unterlassen konnte, die Löwenhaut an dem langen gewaltigen Schwanze zu packen und auf dem Boden herumzuziehen, indem sie sich krank lachen wollte und einmal über das andere rief. »Was ist dies nur für ein Pelz? Was ist dies für ein Ungeheuer?«

»Dies ist«, sagte Pankraz, seinen Fuß auf das Fell stoßend, »vor drei Monaten noch ein lebendiger Löwe gewesen, den ich getötet habe. Dieser Bursche war mein Lehrer und Bekehrer und hat mir zwölf Stunden lang so eindringlich gepredigt, daß ich armer Kerl endlich von allem Schmollen und Bössein für immer geheilt wurde. Zum Andenken soll seine Haut nicht mehr aus meiner Hand kommen. Das war eine schöne Geschichte!« setzte er mit einem Seufzer hinzu.

In der Voraussicht, daß seine Leutchen, im Fall er sie noch lebendig anträfe, jedenfalls nicht viel Kostbares im Hause hätten, hatte er in der letzten größeren Stadt, wo er durchgereist, einen Korb guten Weines eingekauft sowie einen Korb mit verschiedenen guten Speisen, damit in Seldwyla kein Gelaufe entstehen sollte und er in aller Stille mit der Mutter und der Schwester ein Abendbrot einnehmen konnte. So brauchte die Mutter nur den Tisch zu decken und Pankraz trug auf: einige gebratene Hühner, eine herrliche Sülzpastete und ein Paket feiner kleiner Kuchen; ja noch mehr! Auf dem Wege hatte er bedacht, wie dunkel einst das armselige Tranlämpchen gebrannt und wie oft er sich über die kümmerliche Beleuchtung geärgert, wobei er kaum seine müßigen Siebensachen handhaben gekonnt, ungeachtet die Mutter, die doch ältere Augen hatte, ihm immer das Lämpchen vor die Nase geschoben, wiederum zum großen Ergötzen Estherchens, die bei jeder Gelegenheit ihm die Leuchte wieder wegzupraktizieren verstanden. Ach, einmal hatte er sie zornig weinend ausgelöscht, und als die Mutter sie bekümmert wieder angezündet, blies sie Estherchen lachend wieder aus, worauf er zerrissenen Herzens ins Bett gerannt. Dies und noch anderes war ihm auf dem Wege eingefallen, und indem er schmerzlich und bang kaum erleben mochte, ob er die Verlassenen wiedersehen würde, hatte er auch noch einige Wachskerzen eingekauft und zündete jetzo zwei derselben an, so daß die Frauensleute sich nicht zu lassen wußten vor Verwunderung ob all der Herrlichkeit.

Dergestalt ging es wie auf einer kleinen Hochzeit in dem Häuschen der Witwe, nur viel stiller, und Pankraz benutzte das helle Licht der Kerzen, die gealterten Gesichter seiner Mutter und Schwester zu sehen, und dies Sehen rührte ihn stärker als alle Gefahren, denen er ins Gesicht geschaut. Er verfiel in ein tiefes trauriges Sinnen über die menschliche Art und das menschliche Leben und wie gerade unsere kleineren Eigenschaften, eine freundliche oder herbe Gemütsart, nicht nur unser Schicksal und Glück machen, sondern auch dasjenige der uns Umgebenden und uns zu diesen in ein strenges Schuldverhältnis zu bringen vermögen, ohne daß wir wissen, wie es zugegangen, da wir uns ja unser Gemüt nicht selbst gegeben. In diesen Betrachtungen ward er jedoch gestört durch die Nachbaren, welche jetzt ihre Neugierde nicht länger unterdrücken konnten und einer nach dem andern in die Stube drangen, um das Wundertier zu sehen, da sich schon in der ganzen Stadt das Gerücht verbreitet hatte, der verschollene Pankrazius sei erschienen, und zwar als ein französischer General in einem vierspännigen Wagen.

Dies war nun ein höchst verwickelter Fall für die in ihren Vergnügungslokalen versammelten Seldwyler, sowohl für die Jungen als wie für die Alten, und sie kratzten sich verdutzt hinter den Ohren. Denn dies war gänzlich wider die Ordnung und wider den Strich zu Seldwyl, daß da einer wie vom Himmel geschneit als ein gemachter Mann und General herkommen sollte gerade in dem Alter, wo man zu Seldwyl sonst fertig war. Was wollte der denn nun beginnen? Wollte er wirklich am Orte bleiben, ohne ein Herabgekommener zu sein die übrige Zeit seines Lebens hindurch, besonders wenn er etwa alt würde? Und wie hatte er es angefangen? Was zum Teufel hatte der unbeachtete und unscheinbare junge Mensch betrieben die lange Jugend hindurch, ohne sich aufzubrauchen? Das war die Frage, die alle Gemüter bewegte, und sie fanden durchaus keinen Schlüssel, das Rätsel zu lösen, weil ihre Menschen- oder Seelenkunde zu klein war, um zu wissen, daß gerade die herbe und bittere Gemütsart, welche ihm und seinen Angehörigen so bittere Schmerzen bereitet, sein Wesen im übrigen wohl konserviert, wie der scharfe Essig ein Stück Schöpsenfleisch, und ihm über das gefährliche Seldwyler Glanzalter hinweggeholfen hatte. Um die Frage zu lösen, stellte man überhaupt die Wahrheit des Ereignisses in Frage und bestritt dessen Möglichkeit, und um diese Auffassung zu bestätigen, wurden verschiedene alte Falliten nach dem Plätzchen abgesandt, so daß Pankraz, dessen schon versammelte Nachbaren ohnehin diesem Stande angehörten, sich von einer ganzen Versammlung neugieriger und gemütlicher Falliten umgeben sah, wie ein alter Heros in der Unterwelt von den herbeieilenden Schatten.

Er zündete nun seine türkische Pfeife an und erfüllte das Zimmer mit dem fremden Wohlgeruch des morgenländischen Tabaks; die Schatten oder Falliten witterten immer neugieriger in den blauen Duftwolken umher, und Estherchen und die Mutter bestaunten unaufhörlich die Leutseligkeit und Geschicklichkeit des Pankraz, mit welcher er die Leute unterhielt, und zuletzt die freundliche, aber sichere Gewandtheit, mit welcher er die Versammlung endlich entließ, als es ihm Zeit dazu schien.

Da aber die Freuden, welche auf dem Familienglück und auf frohen Ereignissen unter Blutsverwandten beruhen, auch nach den längsten Leiden die Beteiligten plötzlich immer jung und munter machen, statt sie zu erschöpfen, wie die Aufregungen der weiteren Welt es tun, so verspürte die alte Mutter noch nicht die geringste Müdigkeit und Schlaflust, so wenig als ihre Kinder, und von dem guten Weine erwärmt, den sie mit Zufriedenheit genossen, verlangte sie endlich mit ihrer noch viel ungeduldigeren Tochter etwas Näheres von Pankrazens Schicksal zu wissen.

»Ausführlich«, erwiderte dieser, »kann ich jetzt meine trübselige Geschichte nicht mehr beginnen und es findet sich wohl die Zeit, wo ich euch nach und nach meine Erlebnisse im einzelnen vorsagen werde. Für heute will ich euch aber nur einige Umrisse angeben, so viel als nötig ist, um auf den Schluß zu kommen, nämlich auf meine Wiederkehr und die Art, wie diese veranlaßt wurde, da sie eigentlich das rechte Seitenstück bildet zu meiner ehemaligen Flucht und aus dem gleichen Grundtone geht. Als ich damals auf so schnöde Weise entwich, war ich von einem unvertilgbaren Groll und Weh erfüllt; doch nicht gegen euch, sondern gegen mich selbst, gegen diese Gegend hier, diese unnütze Stadt, gegen meine ganze Jugend. Dies ist mir seither erst deutlich geworden. Wenn ich hauptsächlich immer des Essens wegen bös wurde und schmollte, so war der geheime Grund hievon das nagende Gefühl, daß ich mein Essen nicht verdiente, weil ich nichts lernte und nichts tat, ja weil mich gar nichts reizte zu irgendeiner Beschäftigung und also keine Hoffnung war, daß es je anders würde; denn alles, was ich andere tun sah, kam mir erbärmlich und albern vor; selbst euer ewiges Spinnen war mir unerträglich und machte mir Kopfweh, obgleich es mich Müßigen erhielt. So rannte ich davon in einer Nacht in der bittersten Herzensqual und lief bis zum Morgen, wohl sieben Stunden weit von hier. Wie die Sonne aufging, sah ich Leute, die auf einer großen Wiese Heu machten; ohne ein Wort zu sagen oder zu fragen, legte ich mein Bündel an den Rand, ergriff einen Rechen oder eine Heugabel und arbeitete wie ein Besessener mit den Leuten und mit der größten Geschicklichkeit; denn ich hatte mir während meines Herumlungerns hier alle Handgriffe und Übungen derjenigen, welche arbeiteten, wohl gemerkt, sogar öfter dabei gedacht, wie sie dies und jenes ungeschickt in die Hand nähmen und wie man eigentlich die Hände ganz anders müßte fliegen lassen, wenn man erst einmal ein Arbeiter heißen wolle.

Die Leute sahen mir erstaunt zu und niemand hinderte mich an meiner Arbeit; als sie das Morgenbrot aßen, wurde ich dazu eingeladen; dieses hatte ich bezweckt und so arbeitete ich weiter, bis das Mittagessen kam, welches ich ebenfalls mit großem Appetit verzehrte. Doch nun erstaunten die Bauersleute noch viel mehr und sandten mir ein verdutztes Gelächter nach, als ich, anstatt die Heugabel wieder zu ergreifen, plötzlich den Mund wischte, mein Bündelchen wieder aufgriff und, ohne ein Wort weiter zu verlieren, meines Weges weiter zog. In einem dichten kühlen Buchenwäldchen legte ich mich hin und schlief bis zur Abenddämmerung; dann sprang ich auf, ging aus dem Wäldchen hervor und guckte am Himmel hin und her, an welchem die Sterne hervorzutreten begannen. Die Stellung der Sterne gehörte auch zu den wenigen Dingen, die ich während meines Müßigganges gemerkt, und da ich darin eine große Ordnung und Pünktlichkeit gefunden, so hatte sie mir immer wohlgefallen, und zwar um so mehr als diese glänzenden Geschöpfe solche Pünktlichkeit nicht um Tagelohn und um eine Portion Kartoffelsuppe zu üben schienen, sondern damit nur taten, was sie nicht lassen konnten, wie zu ihrem Vergnügen, und dabei wohl bestanden. Da ich nun durch das allmähliche Auswendiglernen unsres Geographiebuches, so einfach dieses war, auch auf dem Erdboden Bescheid wußte, so verstand ich meine Richtung wohl zu nehmen und beschloß in diesem Augenblick, nordwärts durch ganz Deutschland zu laufen, bis ich das Meer erreichte. Also lief ich die Nacht hindurch wieder acht gute Stunden und kam mit der Morgensonne an eine wilde und entlegene Stelle am Rhein, wo eben vor meinen Augen ein mit Kornsäcken beladenes Schiff an einer Untiefe aufstieß, indessen doch das Wasser über einen Teil der Ladung wegströmte. Da sich nur drei Männer bei dem Schiffe befanden und weit und breit in dieser Frühe und in dieser Wildnis niemand zu ersehen war, so kam ich sehr willkommen, als ich sogleich Hand anlegte und den Schiffern die schwere Ladung ans Ufer bringen und das Fahrzeug wieder flottmachen half. Was von dem Korne naß geworden, schütteten wir auf Bretter, die wir an die Sonne legten, und wandten es fleißig um, und zuletzt beluden wir das Schiff wieder. Doch nahm dies alles den größten Teil des Tages weg, und ich fand dabei Gelegenheit, mit den Schiffsleuten unterschiedliche tüchtige Mahlzeiten zu teilen; ja, als wir fertig waren, gaben sie mir sogar noch etwas Geld und setzten mich auf mein Verlangen an das andere Ufer über mittelst des kleinen Kähnchens, das sie hinter dem großen Kahne angebunden hatten.

Drüben befand ich mich in einem großen Bergwald und schlief sofort, bis es Nacht wurde, worauf ich mich abermals auf die Füße machte und bis zum Tagesanbruch lief. Mit wenig Worten zu sagen: auf diese nämliche Art gelangte ich in wenig mehr als zwei Monaten nach Hamburg, indem ich, ohne je viel mit den Leuten zu sprechen, überall des Tages zugriff, wo sich eine Arbeit zeigte, und davonging, sobald ich gesättigt war, um die Nacht hindurch wiederum zu wandern. Meine Art überraschte die Leute immer, so daß ich niemals einen Widerspruch fand, und bis sie sich etwa widerhaarig oder neugierig zeigen wollten, war ich schon wieder weg. Da ich zugleich die Städte vermied und meinen Arbeitsverkehr immer im freien Felde, auf Bergen und in Wäldern betrieb, wo nur ursprüngliche und einfache Menschen waren, so reisete ich wirklich wie zu der Zeit der Patriarchen. Ich sah nie eine Spur von dem Regiment der Staaten, über deren Boden ich hinlief, und mein einziges Denken war, über eben diesen Boden wegzukommen, ohne zu betteln oder für meine nötige Leibesnahrung jemandem verpflichtet sein zu müssen, im übrigen aber zu tun, was ich wollte, und insbesondere zu ruhen, wenn es mir gefiel, und zu wandern, wenn es mir beliebte. Später habe ich freilich auch gelernt, mich an eine feste außer mir liegende Ordnung und an eine regelmäßige Ausdauer zu halten, und wie ich erst urplötzlich arbeiten gelernt, lernte ich auch dies sogleich ohne weitere Anstrengung, sobald ich nur einmal eine erkleckliche Notwendigkeit einsah.

Übrigens bekam mir dies Leben in der freien Luft, bei der steten Abwechslung von schwerer Arbeit, tüchtigem Essen und sorgloser Ruhe vortrefflich und meine Glieder wurden so geübt, daß ich als ein kräftiger und rühriger Kerl in der großen Handelsstadt Hamburg anlangte, wo ich alsbald dem Wasser zulief und mich unter die Seeleute mischte, welche sich da umtrieben und mit dem Befrachten ihrer Schiffe beschäftigt waren. Da ich überall zugriff und ohne albernes Gaffen doch aufmerksam war, ohne ein Wort dabei zu sprechen noch je den Mund zu verziehen, so duldeten die einsilbigen derben Gesellen mich bald unter sich und ich brachte eine Woche unter ihnen zu, worauf sie mich auf einem englischen Kauffahrer einschmuggelten, dessen Kapitän mich aufnahm unter der

Bedingung, daß ich ihm in seinem Privatgeschäfte helfe, das er während seiner Fahrten betrieb. Dieses bestand nämlich im Zusammensetzen und Herstellen von allerhand Feuerwaffen und Pistolen aus alten abgenutzten Bestandteilen, die er in großer Menge zusammenkaufte, wenn er in der alten Welt vor Anker ging. Es waren seltsame und fabelhafte Todeswerkzeuge, die er so mit schrecklicher Leidenschaft zusammenfügte und dann bei Gelegenheit an wilden Küsten gegen wertvolle Friedensprodukte und sanfte Naturgegenstände austauschte. Ich hielt mich still zu der Arbeit, übte mich ein und war bald über und über mit Öl, Schmirgel und Feilenstaub beschmiert als ein wilder Büchsenmacher, und wenn ein solches Pistolengeschütz notdürftig zusammenhielt, so wurde es mit einem starken Knall probiert; doch nie zum zweitenmal, dieses wurde dem rothäutigen oder schwarzen Käufer überlassen auf den entlegenen Eilanden. Diesmal fuhr er aber nur nach Neuyork und von da nach England zurück, wo ich, der Büchsenmacherei nun genugsam kundig, mich von ihm entfernte und sogleich in ein Regiment anwerben ließ, das nach Ostindien abgehen sollte.

In Neuyork hatte ich zwar den Fuß an das Land gesetzt und auf einige Stunden dies amerikanische Leben besehen, welches mir eigentlich nun recht hätte zusagen müssen, da hier jeder tat, was er wollte, und sich gänzlich nach Bedürfnis und Laune rührte, von einer Beschäftigung zur anderen abspringend, wie es ihm eben besser schien, ohne sich irgendeiner Arbeit zu schämen oder die eine für edler zu halten als die andere. Doch weiß ich nicht, wie es kam, daß ich mich schleunig wieder auf unser Schiff sputete und so, statt in der neuen Welt zu bleiben, in den ältesten, träumerischen Teil unsrer Welt geriet, in das uralte heiße Indien, und zwar in einem roten Rocke, als ein stiller englischer Soldat. Und ich kann nicht sagen, daß mir das neue Leben mißfiel, das schon auf dem großen Linienschiffe begann, auf welchem das Regiment sich befand. Schon der Umstand, daß wir alle, so viel wir waren, mit der größten Pünktlichkeit und Abgemessenheit ernährt wurden, indem jeder seine Ration so sicher bekam, wie die Sterne am Himmel gehen, keiner mehr noch minder als der andere und ohne daß einer den andern beeinträchtigen konnte, behagte mir außerordentlich und umso mehr als keiner dafür zu danken brauchte und alles nur unserm bloßen wohlgeordneten Dasein gebührte. Wenn wir Rekruten auch schon auf dem Schiffe eingeschult wurden und täglich exerzieren mußten, so gefiel mir doch diese Beschäftigung über die Maßen, da wir nicht das Bajonett herumschwenken mußten, um etwa mit Gewandtheit eine Kartoffel daran zu spießen, sondern es war lediglich eine reine Übung, welche mit dem Essen zunächst gar nicht zusammenhing, und man brauchte nichts als pünktlich und aufmerksam beim einen und dem andern zu sein und sich um weiter nichts zu kümmern. Schon am zweiten Tage unserer Fahrt sah ich einen Soldaten prügeln, der wider einen Vorgesetzten gemurrt, nachdem er schon verschiedene Unregelmäßigkeiten begangen. Sogleich nahm ich mir vor, daß dies mir nie widerfahren solle, und nun kam mir mein Schmollwesen sehr gut zustatten, indem es mir eine vortreffliche lautlose Pünktlichkeit und Aufmerksamkeit erleichterte und es mir fortwährend möglich machte, mir in keiner Weise etwas zu vergeben.

So wurde ich ein ganz ordentlicher und brauchbarer Soldat; es machte mir Freude, alles recht zu begreifen und so zu tun, wie es als mustergültig vorgeschrieben war, und da es mir gelang, so fühlte ich mich endlich ziemlich zufrieden, ohne jedoch mehr Worte zu verlieren als bisher. Nur selten wurde ich beinahe ein wenig lustig und beging etwa einen närrischen halben Spaß, was mir vollends den Anstrich eines Soldaten gab, wie er sein soll, und zugleich verhinderte, daß man mich nicht leiden konnte, und so war kaum ein Jahr vergangen in dem heißen, seltsamen Lande, als ich anfing vorzurücken und zuletzt ein ansehnlicher Unteroffizier wurde. Nach einem Verlauf von Jahren war ich ein großes Tier in meiner Art, war meistenteils in den Bureaus des Regimentskommandeurs beschäftigt und hatte mich als ein guter Verwalter herausgestellt, indem ich die notwendigen Künste, die Schreibereien und Rechnereien, aus dem Gange der Dinge mir augenblicklich aneignete ohne weiteres Kopfzerbrechen. Es ging mir jetzt alles nach der Schnur und ich schien mir selbst zufrieden zu sein, da ich ohne Mühe und Sorgen da sein konnte unter dem warmen blauen Himmel; denn was ich zu verrichten hatte, geschah wie von selbst, und ich fühlte keinen Unterschied, ob ich in Geschäften oder müßig umherging. Das Essen war mir jetzt nichts Wichtiges mehr, und ich beachtete kaum, wann und was ich aß. Zweimal während dieser Zeit hatte ich Nachricht an euch abgesandt nebst einigen ersparten Geldmitteln; allein beide Schiffe gingen sonderbarerweise mit Mann und Maus zugrunde und ich gab die Sache auf, ärgerlich darüber, und nahm mir vor, sobald als tunlich selber heimzukehren und meine erworbene Arbeitsfähigkeit und feste Lebensart in der Heimat zu verwenden. Denn ich gedachte damit etwas Besseres nach Seldwyla zu bringen als wenn ich eine Million dahin brächte, und malte mir schon aus, wie ich die Haselanten und Fischesser da anfahren wollte, wenn sie mir über den Weg liefen.

Doch damit hatte es noch gute Wege und ich sollte erst noch solche Dinge erfahren und so in meinem Wesen verändert und aufgerüttelt werden, daß mir die Lust verging, andere Leute anfahren zu wollen. Der Kommandeur hatte mich gänzlich zu seinem Faktotum gemacht und ich mußte fast die ganze Zeit bei ihm zubringen. Es war ein seltsamer Mann von etwa fünfzig Jahren, dessen Gattin in Irland lebte auf einem alten Turm, da sie womöglich noch wunderlicher sein mußte als er; solange sie zusammengelebt, hatten sie sich fortwährend angeknurrt, wie zwei wilde Katzen, und sie litten beide an der fixen Idee, daß sie sich gegenseitig ineinander getäuscht hätten, obwohl niemand besser füreinander geschaffen war. Auch waren sie gesund und munter und lebten behaglich in dieser Einbildung, ohne welche keines mehr hätte die Zeit verbringen können, und wenn sie weit auseinander waren, so sorgte eines für das andere mit rührender Aufmerksamkeit. Die einzige Tochter, die sie hatten und die Lydia heißt, lebte dagegen meistenteils bei dem Vater und war ihm ergeben und zugetan, da der Unterschied des Geschlechtes selbst zwischen Vater und Tochter diese mehr zärtliches Mitleid für den Vater empfinden ließ als für die Mutter, obgleich diese ebenso wenig oder so viel taugen mochte als jener in dem vermeintlich unglücklichen Verhältnis.

Der Kommandeur hatte eine reizvolle luftige Wohnung bezogen, die außerhalb der Stadt in einem ganz mit Palmen, Zypressen, Sykomoren und anderen Bäumen angefüllten Tale lag. Unter diesen Bäumen, rings um das leichte weiße Haus herum, waren Gärten angelegt, in denen teils jederzeit frisches Gemüse, teils eine Menge Blumen gezogen wurden, welche zwar hier in allen Ecken wild wuchsen, die aber der Alte liebte beisammen zu haben in nächster Nähe und in möglichster Menge, so daß in dem grünen Schatten der Bäume es ordentlich leuchtete von großen purpurroten und weißen Blumen. Wenn es nun im Dienste nichts mehr zu tun gab, so mußte ich als ein militärischer zuverlässiger Vertrauensmann diese Gärten in Ordnung halten oder, um darüber nicht etwa zu verweichlichen, mit dem Oberst auf die Jagd gehen, und ich wurde darüber zu einem gewandten Jäger; denn gleich hinter dem Tale begann eine wilde unfruchtbare Landschaft, welche zuletzt gänzlich in eine Gebirgswildnis verlief, die nicht nur Schwärme und Scharen unschuldigeren Gewildes, sondern auch von Zeit zu Zeit reißende Tiere, besonders große Tiger, beherbergte. Wenn ein solcher sich spüren ließ, so gab es einen großen Auszug gegen ihn, und ich lernte bei diesen Gelegenheiten die Gefahr lange kennen, ehe ich in das Gefecht mit Menschen kam. War aber weiter gar nichts zu tun, so mußte ich mit dem alten Herrn Schach spielen und dadurch seine Tochter Lydia ersetzen, welche, da sie gar keinen Sinn und kein Geschick dazu besaß und ganz kindisch spielte, ihm zu wenig Vergnügen verschaffte. Ich hingegen hatte mich bald so weit eingeübt, daß ich ihm einigermaßen die Stange halten konnte, ohne ihn des öfteren Sieges zu berauben, und wenn mein Kopf nicht durch andere Dinge verwirrt worden wäre, so würde ich dem grimmigen Alten bald überlegen geworden sein.

Dergestalt war ich nun das merkwürdigste Institut von der Welt; ich ging unter diesen Palmen einher gravitätisch und wortlos in meiner Scharlachuniform, ein leichtes Schilfstöckchen in der Hand und über dem Kopfe ein weißes Tuch zum Schutze gegen die heiße Sonne. Ich war Soldat, Verwaltungsmann, Gärtner, Jäger, Hausfreund und Zeitvertreiber, und zwar ein ganz sonderbarer, da ich nie ein Wort sprach; denn obgleich ich jetzt nicht mehr schmollte und leidlich zufrieden war, so hatte ich mir das Schweigen doch so angewöhnt, daß meine Zunge durch nichts zu bewegen war als etwa durch ein Kommandowort oder einen Fluch gegen unordentliche Soldaten. Doch diente gerade diese Weise dem Kommandeur, ich blieb so an die fünf Jahre bei ihm einen Tag wie den andern und konnte, wenn ich freie Zeit hatte, im übrigen tun, was mir beliebte. Diese Zeit benutzte ich dazu, das Dutzend Bücher, so der alte Herr besaß, immer wieder durchzulesen und aus denselben, da sie alle dickleibig waren, ein sonderbares Stück von der Welt kennen zu lernen. Ich war so ein eifriger und stiller Leser, der sich eine Weisheit ausbildete, von der er nicht recht wußte, ob sie in der Welt galt oder nicht galt, wie ich bald erfahren sollte; denn obschon ich bereits vieles gesehen und erfahren, so war dies doch nur gewissermaßen strichweise, und das meiste, was es gab, lag zur Seite des Striches, den ich passiert.

Mein Kommandeur wurde endlich zum Gouverneur des ganzen Landstriches ernannt, wo wir bisher gestanden; er wünschte mich in seiner Nähe zu behalten und veranlaßte meine Versetzung aus dem Regiment, welches wieder nach England zurückging, in dasjenige, welches dafür ankam, und so fand sich wieder Gelegenheit, daß ich als Militärperson sowohl wie in allen übrigen Eigenschaften um ihn sein konnte, was mir ganz recht war; denn so blieb ich ein auf mich selbst gestellter Mensch, der keinen andern Herrn als seine Fahne über sich hatte.

Um die gleiche Zeit kam auch die Tochter aus dem alten irländischen Turme an, um von nun an bei ihrem Vater, dem Gouverneur, zu leben. Es war ein wohlgestaltetes Frauenzimmer von großer Schönheit; doch war sie nicht nur eine Schönheit, sondern auch eine Person, die in ihren eigenen feinen Schuhen stand und ging und sogleich den Eindruck machte, daß es für den, der sich etwa in sie verliebte, nicht leicht hinter jedem Hag einen Ersatz oder einen Trost für diese gäbe, eben weil es eine ganze und selbständige Person schien, die so nicht zum zweiten Male vorkomme. Und zwar schien diese edle Selbständigkeit gepaart mit der einfachsten Kindlichkeit und Güte des Charakters und mit jener Lauterkeit und Rückhaltlosigkeit in dieser Güte, welche, wenn sie so mit Entschiedenheit und Bestimmtheit verbunden ist, eine wahre Überlegenheit verleiht und dem, was im Grunde nur ein unbefangenes ursprüngliches Gemütswesen ist, den Schein einer weihevollen und genialen Meisterschaft gibt. Indessen war sie sehr gebildet in allen schönen Dingen, da sie nach Art solcher Geschöpfe die Kindheit und bisherige Jugend damit zugebracht, alles zu lernen, was irgend wohl ansteht, und sie kannte sogar fast alle neueren Sprachen, ohne daß man jedoch viel davon bemerkte, so daß unwissende Männer ihr gegenüber nicht leicht in jene schreckliche Verlegenheit gerieten, weniger zu verstehen als ein müßiges Ziergewächs von Jungfräulein. Überhaupt schien ein gesunder und wohldurchgebildeter Sinn in ihr sich mehr dadurch zu zeigen, daß sie die vorkommenden kleineren oder größeren Dinge, Vorfälle oder Gegenstände durchaus zutreffend beurteilte und behandelte, und dabei waren ihre Gedanken und Worte so einfach lieblich und bestimmt wie der Ton ihrer Stimme und die Bewegungen ihres Körpers. Und über alles dies war sie, wie gesagt, so kindlich, so wenig durchtrieben, daß sie nicht imstande war, eine überlegte Partie Schach spielen zu lernen, und dennoch mit der fröhlichsten Geduld am Brette saß, um sich von ihrem Vater unaufhörlich überrumpeln zu lassen. So ward es einem sogleich heimatlich und wohl zumute in ihrer Nähe; man dachte unverweilt, diese wäre der wahre Jakob unter den Weibern und keine bessere gäbe es in der Welt. Ihre schönen blonden Locken und die dunkelblauen Augen, die fast immer ernst und frei in die Welt sahen, taten freilich auch das ihrige dazu, ja um so mehr als ihre Schönheit, sosehr sie auffiel, von echt weiblicher Bescheidenheit und Sittsamkeit durchdrungen war und dabei gänzlich den

Eindruck von etwas Einzigem und Persönlichem machte; es war eben kurz und abermals gesagt: eine Person. Das heißt, ich sage: es schien so, oder eigentlich, weiß Gott, ob es am Ende doch so war und es nur an mir lag, daß es ein solcher trügerischer Schein schien, kurz –«

Pankrazius vergaß hier weiter zu reden und verfiel in ein schwermütiges Nachdenken, wozu er ein ziemlich unkriegerisches und beinahe einfältiges Gesicht machte. Die beiden Wachslichter waren über die Hälfte heruntergebrannt, die Mutter und die Schwester hatten die Köpfe gesenkt und nickten, schon nichts mehr sehend noch hörend, schlaftrunken mit ihren Köpfen, denn schon seit Pankrazius die Schilderung seiner vermutlichen Geliebten begonnen, hatten sie angefangen schläfrig zu werden, ließen ihn jetzt gänzlich im Stich und schliefen wirklich ein. Zum Glück für unsere Neugierde bemerkte der Oberst dies nicht, hatte überhaupt vergessen, vor wem er erzählte, und fuhr, ohne die niedergeschlagenen Augen zu erheben, fort, vor den schlafenden Frauen zu erzählen, wie einer, der etwas lange Verschwiegenes endlich mitzuteilen sich nicht mehr enthalten kann.

»Ich hatte«, sagte er, »bis zu dieser Zeit noch kein Weib näher angesehen und verstand oder wußte von ihnen ungefähr so viel wie ein Nashorn vom Zitherspiel. Nicht daß ich solche etwa nicht von jeher gern gesehen hätte, wenn ich unbemerkt und ohne Aufwand von Mühe nach ihnen schielen konnte; doch war es mir äußerst zuwider, mit irgendeiner mich in den geringsten Wortwechsel einzulassen, da es mir von jeher schien, als ob es sämtlichen Weibern gar nicht um eine vernunftgemäße, klare und richtige Sache zu tun wäre, daß es ihnen unmöglich sei, nur sechs Worte lang in guter Ordnung bei der Stange zu bleiben, sondern daß sie einzig darauf ausgingen, wenn sie in diesem Augenblicke etwas Zweckmäßiges und Gutes gesagt haben, gleich darauf eine große Albernheit oder Verdrehtheit einzuwerfen, was sie dann als ihre weibliche Anmut und Beweglichkeit ausgäben, im Grunde aber eine Unredlichkeit sei, und um so abscheulicher als sie halb und halb von bewußter Absicht begleitet sei, um hinter diesem Durcheinander allen schlechten Instinkten und Querköpfigkeiten desto bequemer zu frönen. Deshalb schmollte und grollte ich von vornherein mit allem Weibervolk und würdigte keines eines offenkundigen Blickes. In

Indien, als ich mehr zufrieden war und keinen Groll fürder hegte, gab es zwar viele Frauensleute, sowohl indischen Geblütes als auch eine Menge englischer, da viele Kaufleute, Offiziere und Soldaten ihre Familie bei sich hatten. Doch diese Indierinnen, die schön waren wie die Blumen und gut wie Zucker aussahen und sprachen, waren eben nichts weiter als dies und rührten mich nicht im mindesten, da Schönheit und Güte ohne Salz und Wehrbarkeit mir langweilig vorkamen, und es war mir peinlich zu denken, wie eine solche Frau, wenn sie mein wäre, sich auf keine Weise gegen meine etwanigen schlimmen Launen zu wehren vermöchte. Die europäischen Weiber dagegen, die ich sah, welche größtenteils aus Großbritannien herstammten, schienen schon eher wehrhaft zu sein, jedoch waren sie weniger gut, und selbst wenn sie es waren, so betrieben sie die Güte und Ehrbarkeit wie ein abscheulich nüchternes und hausbackenes Handwerk, und selbst die edle Weiblichkeit, auf die sich diese selbstbewußten respektablen Weibchen so viel zu gut taten, handhaben sie eher als Würzkrämer denn als Weiber. Hier wird ein Quentchen ausgewogen und dort ein Quentchen sorglich in die löschpapierne Düte der Philisterhaftigkeit gewickelt. Überdies war mir immer, als ob durch das Innerste aller dieser abendländischen Schönen und Unschönen ein tiefer Zug von Gemeinheit zöge, die Krankheit unserer Zeit, welche sie zwar nur von unserm Geschlechte, von uns Herren Europäern, überkommen konnten, aber die gerade bei den anderen wieder zu einem neuen verdoppelten Übel wird. Denn es sind üble Zeiten, wo die Geschlechter ihre Krankheiten austauschen und eines dem andern seine angebotenen Schwachheiten mitteilt. Dies waren so meine unwissenden hypochondrischen Gedanken über die Weiber, welche meinem Verhalten gegen sie zugrunde lagen und mit welchen ich meiner Wege ging, ohne mich um eine zu bekümmern.

Als nun die schöne Lydia bei uns anlangte und ich mich täglich in ihrer Nähe befand, erhielt meine ganze Weisheit einen Stoß und fiel zusammen. Es war mir gleich von Grund aus wohl zumute, wenn sie zugegen war, und ich wußte nicht, was ich hieraus machen sollte. Höchlich verwundert war ich, weder Groll noch Verachtung gegen diese zu empfinden, weder Geringschätzung noch jene Lust, doch verstohlen nach ihr hinzuschielen; vielmehr freute ich mich ganz unbefangen über ihr Dasein und sah sie ohne Unbescheidenheit, aber frei und offen an, wenn ich in ihrer Nähe zu tun hatte. Dies fiel mir um so leichter als ich in meiner Stellung als armer Soldat kein Wort an sie zu richten brauchte, ohne gefragt zu werden, und also kein anderes Benehmen zu beobachten hatte als dasjenige eines sich aufrecht haltenden ernsthaften Unteroffiziers. Auch war mir das Schweigen, besonders gegenüber den Weibern, so zur anderen Natur geworden durch das langjährige Kopfhängen, daß ich beim besten Willen jetzt nicht hätte eine Ausnahme machen können, auch wenn es sich geschickt hätte. Dennoch fühlte ich ein großes und ungewöhnliches Wohlwollen für diese Person, war in meinem Herzen sehr gut auf sie zu sprechen und ihr zu Gefallen veränderte ich meine schlechten Ansichten von den Frauen und dachte mir, es müßte doch nicht so übel mit ihnen stehen, wenigstens sollten sie um dieser einen willen von nun an mehr Gnade finden bei mir. Ich war sehr froh, wenn Lydia zugegen war oder wenn ich Veranlassung fand, mich dahin zu verfügen, wo sie eben war; doch tat ich deswegen nicht einen Schritt mehr als im natürlichen Gange der Dinge lag; nicht einmal blickte oder ging ich, wenn ich mich im gleichen Raume mit ihr befand, ohne einen bestimmten vernünftigen Grund nach ihr hin und fühlte überhaupt eine solche Ruhe in mir, wie das kühle Meerwasser, wenn kein Wind sich regt und die Sonne obenhin darauf scheint.

Dies verhielt sich so ungefähr ein halbes Jahr, ein Jahr oder auch etwas darüber, ich weiß es nicht mehr genau; denn die ganze Zeitrechnung von damals ist mir verloren gegangen, der ganze Zeitraum schwebt mir nur noch wie ein schwüler, von Träumen durchzogener Sommertag vor. Während dieses Anfanges nun, dessen längere oder kürzere Dauer ich nicht mehr weiß, ging so alles gut und ruhig vonstatten. Die Dame, obgleich sie mich öfter sehen mußte, hatte nicht besonders viel mit mir zu verkehren oder zu sprechen, wenn sie es aber tat, so war sie außerordentlich freundlich und tat es nie ohne mit einem kindlichen harmlosen Lachen ihres schönen Gesichtes, was ich dann dankbarst damit erwiderte, daß ich ein um so ehrbareres Gesicht machte und den Mund nicht verzog, indem ich sagte: Sehr wohl, mein Fräulein! oder auch unbefangen widersprach, wenn sie sich irrte, was indes selten geschah. War sie aber nicht zugegen oder ich allein, so dachte ich wohl vielfältig an sie, aber nicht im mindesten wie ein Verliebter, sondern wie ein guter Freund oder Verwandter, welcher aufrichtig um sie bekümmert war, ihr alles Wohlergehen wünschte und allerlei gute Dinge für sie ausdachte. Kaum ging eine leise Veränderung dadurch mit mir vor, wenn ich mich recht entsinne, daß ich gegenüber dem Gouverneur ein wenig mehr auf mich hielt, ein wenig mehr den Soldaten hervorkehrte, der nichts als seine Pflicht kennt, und in meinen übrigen Dienstleistungen mehr den Schein der Unabhängigkeit wahrte, wie ich denn auch in keinerlei Lohnverhältnis zu ihm stand und, nachdem die eigentliche Arbeit auf seinem Bureau getan, wofür ich besoldet war, alles übrige als ein guter Vertrauter mitmachte und nur, da es die Gelegenheit mit sich brachte, etwa mit ihm aß und trank. Und so war ich, wie schon gesagt, vollkommen ruhig und zufrieden, was sich freilich auf meine besondere Weise ausnehmen mochte.

Da geschah es eines Tages, als ich unter den schattigen Bäumen mir zu tun machte, daß die Lydia innerhalb einer kurzen Stunde dreimal herkam, ohne daß sie etwas da zu tun oder auszurichten hatte. Das erste Mal setzte sie sich auf einen umgestürzten Korb und aß ein kleines Körbchen voll roter Kirschen auf, indem sie fortwährend mit mir plauderte und mich zum Reden veranlaßte. Das andere Mal kam sie und rückte den Korb ganz nahe an das Rosenbäumchen, das ich eben säuberte, setzte sich abermals darauf und nähete ein weißes seidenes Band auf ein zierliches Nachthäubchen oder was es war; denn genau konnte ich es nicht unterscheiden, da ich diesmal kaum hinsah und ihr nur wenig Bescheid gab, indem ich etwas verlegen wurde. Sie ging bald wieder fort und kam zum dritten Male mit einem feinen, kunstvoll in Elfenbein gearbeiteten Geduldspiel aus China, packte den alten Korb und schleppte ihn wieder weg, indem sie sich in einiger Entfernung darauf setzte, mir den Rücken zuwendend, und ganz still das Spiel zu lösen versuchte. Ich blickte jetzt unverwandt nach ihr hin, bis sie, das Spielzeug in die Tasche steckend, unversehens sich erhob und, einen seltsamen wohllautenden Triller singend, davon ging, ohne sich wieder nach mir umzusehen. Dies alles wollte mir nicht klar sein noch einleuchten, und meine Seele rümpfte leise die Nase zu diesem Tun; aber von Stund an war ich verliebt in Lydia.

In der wunderbarsten gelinden Aufregung ließ ich mein Bäumchen stehen, holte die Doppelbüchse und streifte in den Abend hinaus weit in die Wildnis. Viele Tiere sah ich wohl, aber alle vergaß ich zu schießen; denn wie ich auf eines anschlagen wollte, dachte ich wieder an das Benehmen dieser Dame und verlor so das Tier aus den Augen.

Was will sie von dir, dachte ich, und was soll das heißen? Indem ich aber hierüber hin und her sann, entstand und lohete schon eine große Dankbarkeit in mir für alles mögliche und unmögliche, was irgend in dem Vorfalle liegen mochte, wogegen mein Ordnungssinn und das Bewußtsein meiner geringen und wenig anmutigen Person den widerwärtigsten Streit erhob. Als ich hieraus nicht klug wurde, verfielen meine Gedanken plötzlich auf den Ausweg, daß diese scheinbar so schöne und tüchtige Frau am Ende ganz einfach ein leichtfertiges und verbuhltes Wesen sei, das sich zu schaffen mache, mit wem es sei, und selbst mit einem armen Unteroffizier eine schlechte Geschichte anzuheben nicht verschmähe. Diese verwünschte Ansicht tat mir so weh und traf mich so unvermutet, daß ich wutentbrannt einen ungeheuren rauhen Eber niederschoß, der eben durch die hohen Bergkräuter heranbrach, und meine Kugel saß fast gleichzeitig und ebenso unvermutet und unwillkommen in seinem Gehirn wie jener niederträchtige Gedanke in dem meinigen, und schon war mir zumute, als ob das wilde Tier noch zu beneiden wäre um seine Errungenschaft im Vergleich zu der meinigen. Ich setzte mich auf die tote Bestie; vor meinen Gedanken ging die schöne Gestalt vorüber und ich sah sie deutlich, wie sie die drei Male gekommen war mit jeder ihrer Bewegungen, und jedes Wort tönte noch nach. Aber merkwürdigerweise ging dies gute Gedächtnis noch über diesen Tag hinaus und zurück überhaupt bis auf den ersten Tag, wo ich sie gesehen, den ganzen Zeitraum hindurch, wo ich doch gänzlich ruhig gewesen. Wie man bei ganz durchsichtiger Luft, wenn es Regen geben will, an entfernten Bergen viele Einzeln-

heiten deutlich sieht, die man sonst nicht wahrnimmt, und in stiller
Nacht die fernsten Glocken schlagen hört, so entdeckte ich jetzt mit
Verwunderung, daß aus jenem ganzen Zeitraume jede Art und
Wendung ihrer Erscheinung, jedes einzelne Auftreten sich ohne
mein Wissen mir eingeprägt hatte, und fast jedes ihrer Worte, selbst
das gleichgültigste und vorübergehendste, hörte ich mit klar ver-
nehmlichem Ausdruck in der Stille dieser Wildnis wieder tönen.
Diese sämtliche Herrlichkeit hatte also gleichsam schlafend oder
heimlicherweise sich in mir aufgehalten und der heutige Vorgang
hatte nur den Riegel davor weggeschoben oder eine Fackel in ein
Bund Stroh geworfen. Ich vergaß über diesen Dingen wieder meinen schlechten Zorn und beschäftigte mich rückhaltlos mit der
Ausbeutung meines guten Gedächtnisses und schenkte demselben
nicht den kleinsten Zug, den es mir von dem Bilde Lydias irgend
liefern konnte. Auf diese Weise schlenderte ich denn auch wieder
der Behausung zu und überließ mich allein diesen angenehmen
Vorstellungen; jedoch vermochte ich nun nicht mehr so unbefangen
und ruhig in ihrer Nähe zu sein, und da ich nichts anderes anzu-
fangen wußte noch gesonnen war, so vermied ich möglichst jeden
Verkehr mit ihr, um desto eifriger an sie zu denken. So vergingen
drei oder vier Wochen, ohne daß etwas weiteres vorfiel als daß ich
bemerkte, daß sie bei aller Zurückhaltung, die sie nun beobachtete,
dennoch keine Gelegenheit versäumte, irgend etwas zu meinen
Gunsten zu tun oder zu sagen, und sie fing an, mir völlig nach dem
Munde oder zu Gefallen zu sprechen, da sie Ausdrücke brauchte,
welche ich etwa gebraucht, und die Dinge so beurteilte, wie ich es
zu tun gewohnt war. Dies schien nun erst nichts Besonderes, weil es
mich eben von jeher angenehm dünkte, in ihr ganz dieselben Ansichten vom Zweckmäßigen oder vom Verkehrten zu entdecken,
deren ich mich selber befleißigte; auch lachte sie über dieselben
Dinge, über welche ich lachen mußte, oder ärgerte sich über die
nämlichen Unschicklichkeiten, so etwa vorfielen. Aber zuletzt ward
es so auffällig, daß sie mir, da ich kaum ein Wort mit ihr zu sprechen hatte, zu Gefallen zu leben suchte und zwar nicht wie eine
schelmische Kokette, sondern wie ein einfaches argloses Kind, daß
ich in die größte Verwirrung geriet und vollends nicht mehr wußte,
wie ich mich stellen sollte. So fand ich denn, um mich zu salvieren,
unverfänglich mein Heil in meiner alten wohlhergestellten
Schmollkunst und verhärtete mich vollkommen in derselben, zumal

ich mich nichts weniger als glücklich fühlte in diesem sonderbaren Verhältnis. Nun schien sie wahrhaft bekümmert und niedergeschlagen, kleinlaut und schüchtern zu werden, was zu ihrem sonstigen resoluten und tüchtigen Wesen eine verführerische Wirkung hervorbrachte, da man an den gewöhnlichen Weibern und je kleinlicher sie sind desto weniger gewohnt ist, sie durch solche schüchterne Bescheidenheit glänzen und bestechen zu sehen. Vielmehr glauben sie, nichts stehe ihnen besser zu Gesicht als eine schreckliche Sicherheit und Unverschämtheit. Da nun sogar noch der alte Gouverneur anfing in einer mir unverständlichen und wenig delikaten Laune zu sticheln und zu scherzen und zehnmal des Tages sagte: Wahrhaftig, Lydia, du bist verliebt in den Pankrazius! so ward mir das Ding zu bunt; denn ich hielt das für einen sehr schlechten Spaß, in betreff auf seine Tochter für geschmacklos und vom ordinärsten Tone, in bezug auf mich .aber für gewissenlos und roh, und ich war oft im Begriff, es ihm offen zu sagen und mich den Teufel um ihn weiter zu kümmern. Letzteres tat ich auch insofern als ich mich nun gänzlich zusammennahm und in mich selber verschloß. Lydia wurde eintönig, ja sie schien nun sogar bleich und leidend zu werden, was mich tief bekümmerte, ohne daß ich daraus etwas Kluges zu machen wußte. Als sie aber trotz meines Verhaltens sogar wieder anfing mir nachzugehen und sich fortwährend zu schaffen machte, wo ich mich aufhielt, geriet ich in Verzweiflung, und in der Verzweiflung begann ich abgebrochene und ungeschickte Unterhaltungen mit ihr zu pflegen. Es war gar nichts, was wir sprachen, ganz unartikuliertes jämmerliches Zeug, als ob wir beide blödsinnig wären; allein beide schienen gar nicht hieran zu denken, sondern lachten uns an wie Kinder; denn auch ich vergaß darüber alles andere und war endlich froh, nur diese kurzen Reden mit ihr zu führen. Allein das Glück dauerte nie länger als zwei Minuten, da wir den Faden aus Mangel an Ruhe und Besonnenheit sogleich wieder verloren und dann zwei Kindern glichen, die ein Perlenband aufgezettelt haben und mit Betrübnis die schönen Perlen entgleiten sehen. Alsdann dauerte es wieder wochenlang, bis eine dieser großen Unternehmungen wieder gelang, und nie tat ich den ersten Schritt dazu, da ich gleich darauf wieder nur bedacht war, mir nichts zu vergeben und keine Dummheiten zu begehen bei diesen etwas ungewöhnlichen Leuten. Hundertmal war ich entschlossen auf und davon zu gehen, allein die Zeit verging mir so eilig, daß ich

die Tat immer wieder hinausschieben mußte. Denn meine Gedanken waren jetzt ausschließlich mit dieser Sache beschäftigt und es
ging mir dabei äußerst seltsam.

Mit den Büchern des Gouverneurs war ich endlich so ziemlich fertig geworden und wußte nichts mehr aus denselben zu lernen. Lydia, welche mich so oft lesen sah, benutzte diese Gelegenheit und gab mir von den ihrigen. Darunter war ein dicker Band wie eine Handbibel und er sah auch ganz geistlich aus; denn er war in schwarzes Leder gebunden und vergoldet. Es waren aber lauter Schauspiele und Komödien darin, mit der kleinsten englischen Schrift gedruckt. Dies Buch nannte man den Shakespeare, welches der Verfasser desselben und dessen Kopf auch vorne drin zu sehen war. Dieser verführerische falsche Prophet führte mich schön in die Patsche. Er schildert nämlich die Welt nach allen Seiten hin durchaus einzig und wahr wie sie ist, aber nur wie sie es in den ganzen Menschen ist, welche im Guten und im Schlechten das Metier ihres Daseins und ihrer Neigungen vollständig und charakteristisch betreiben und dabei durchsichtig wie Kristall, jeder vom reinsten Wasser in seiner Art, so daß, wenn schlechte Skribenten die Welt der Mittelmäßigkeit und farblosen Halbheit beherrschen und malen und dadurch Schwachköpfe in die Irre führen und mit tausend unbedeutenden Täuschungen anfüllen, dieser hingegen eben die Welt des Ganzen und Gelungenen in seiner Art, das heißt wie es sein soll, beherrscht und dadurch gute Köpfe in die Irre führt, wenn sie in der Welt dies wesentliche Leben zu sehen und wiederzufinden glauben. Ach, es ist schön in der Welt, aber nur niemals da wo wir eben sind, oder dann wann wir leben. Es gibt noch verwegene schlimme Weiber genug, aber ohne den schönen Nachtwandel der Lady Macbeth und das bange Reiben der kleinen Hand. Die Giftmischerinnen, die wir treffen, sind nur frech und reulos und schreiben gar noch ihre Geschichte oder legen einen Kramladen an, wenn sie ihre Strafe überstanden. Es gibt noch Leute genug, die wähnen Hamlet zu sein, und sie rühmen sich dessen, ohne eine Ahnung zu haben von den großen Herzensgründen eines wahren Hamlet. Hier ist ein Blutmensch ohne Macbeths dämonische und doch wieder so menschliche Mannhaftigkeit, und dort ein Richard der Dritte, ohne dessen Witz und Beredsamkeit. Hier ist eine Porzia, die nicht schön, dort eine, die nicht geistreich, dort wieder eine, die geistreich aber nicht klug ist und wohl versteht Leute unglücklich zu machen, nicht aber sich selbst zu beglücken. Unsere Shylocks möchten uns wohl das Fleisch ausschneiden, aber sie werden nun und nimmer eine Barauslage zu diesem Behuf wagen, und unsere Kaufleute von Ve-

nedig geraten nicht wegen eines lustigen Habenichts von Freund in
Gefahr, sondern wegen einfältigen Aktienschwindels und halten
dann nicht im mindesten so schöne melancholische Reden, sondern
machen ein ganz dummes Gesicht dazu. Doch eigentlich sind, wie
gesagt, alle solche Leute wohl in der Welt, aber nicht so hübsch
beisammen wie in jenen Gedichten; nie trifft ein ganzer Schurke auf
einen ganzen wehrbaren Mann, nie ein vollständiger Narr auf einen
unbedingt klugen Fröhlichen, so daß es zu keinem rechten Trauer-
spiel und zu keiner guten Komödie kommen kann.

Ich aber las nun die ganze Nacht in diesem Buche und verfing
mich ganz in demselben, da es mir gar so gründlich und sachgemäß
geschrieben schien und mir außerdem eine solche Arbeit ebenso
neu als verdienstlich vorkam. Weil nun alles übrige so trefflich,
wahr und ganz erschien und ich es für die eigentliche und richtige
Welt hielt, so verließ ich mich insbesondere auch bei den Weibern,
die es vorbrachte, ganz auf ihn, verlockt und geleitet von dem schönen Sterne Lydia, und ich glaubte, hier ginge mir ein Licht auf und
sei die Lösung meiner zweifelvollen Verwirrung und Qual zu finden.

Gut! dachte ich, wenn ich diese schönen Bilder der Desdemona,
der Helena, der Imogen und anderer sah, die alle aus der hohen
Selbstherrlichkeit ihres Frauentums heraus so seltsamen Käuzen
nachgingen und anhingen, rückhaltlos wie unschuldige Kinder,
edel, stark und treu wie Helden, unwandelbar und treu wie die
Sterne des Himmels: gut! hier haben wir unsern Fall! Denn nichts
anderes als ein solches festes, schöngebautes und gradausfahrendes
Frauenfahrzeug ist diese Lydia, die ihren Anker nur einmal und
dann in eine unergründliche Tiefe auswirft und wohl weiß, was sie
will. Diese Meinung ging gleich einer strahlenden heißen Sonne in
mir auf, und in deren Licht sah ich nun jede Bewegung und jede
kleinste Handlung, jedes Wort des schönen Geschöpfes, und es
dauerte nicht lange, so überbot sie in meinen Augen alles, was der
gute Dichter mit seiner mächtigen Einbildungskraft erfunden, da
dies lebendige Gedicht im Lichte der Sonne umherging in Fleisch
und Blut, mit wirklichen Herzschlägen und einem tatsächlichen
Nacken voll goldener Locken.

Das unheimliche Rätsel war nun gelöst und ich hatte nichts weiter zu tun als mich in diese mit dem Shakespeare in die Wette zusammengedichtete Seligkeit zu finden und mit Mühe meine geringfügige und unliebliche Person für eine solche Laune des Schicksals oder des königlich großmütigen Frauengemütes einigermaßen leidlich zurecht zu stutzen mittelst hundertfacher Pläne und Aussichten, welche sich an das große schöne Luftschloß anbaueten. Die unendliche Dankbarkeit und Verehrung, welche ich solchergestalt gegen die Geliebte empfand, hatte allerdings zum guten Teil ihren Grund in meiner sich geschmeichelt fühlenden Eigenliebe; aber gewiß auch zum noch größeren Teil darin, daß diese Erklärungsweise die einzige war, welche mir möglich schien, ohne dies teuerste Wesen verachten und bemitleiden zu müssen; denn eine hohe Achtung, die ich für sie empfand, war mir zum Lebensbedürfnis geworden und mein Herz zitterte vor ihr, das noch vor keinem Menschen und vor keinem wilden Tiere gezittert hatte.

So ging ich wohl ein halbes Jahr lang herum wie ein Nachtwandler, von Träumen so voll hängend wie ein Baum voll Äpfel, alles ohne mit Lydia um einen Schritt weiter zu kommen. Ich fürchtete mich vor dem kleinsten möglichen Ereignis, etwa wie ein guter Christ vor dem Tode, den er zagend scheut, obgleich er durch selbigen in die ewige Seligkeit einzugehen gewiß ist. Desto bunter ging es in meinem Gehirn zu und die Ereignisse und aufregendsten Geschichten, alles aufs schönste und unzweifelhafteste sich begebend, drängten und blühten da durcheinander. Ich versäumte meine Geschäfte und war zu nichts zu brauchen. Das Ärgste war mir, wenn ich stundenlang mit dem Alten Schach spielen mußte, wo ich dann gezwungen war, meine Aufmerksamkeit an das Spiel zu fesseln, und die einzige Muße für meine schweren Liebesgedanken gewährte mir die kurze Zeit, wenn ein Spiel zu Ende war und die Figuren wieder aufgestellt wurden. Ich ließ mich daher so bald als immer möglich, ohne daß es zu sehr auffiel, matt machen und hielt mich so lange mit dem Aufstellen des Königs und der Königin, der Läufer, Springer und Bauern auf und rückte so lange an den Türmen hin und her, daß der Gouverneur glaubte, ich sei kindisch geworden und tändle mit den Figürchen zu meinem Vergnügen.

Endlich aber drohete meine ganze Existenz sich in müßige Traumseligkeit aufzulösen, und ich lief Gefahr ein Tollhäusler zu

werden. Zudem war ich trotz aller dieser goldenen Luftschlösser
unsäglich kleinmütig und traurig, da, ehe das letzte Wort gesprochen ist, die solchen wuchernden Träumen gegenüber immer zurückstehende Wirklichkeit niederdrückt und die leibhafte Gegenwart etwas Abkühlendes und Abwehrendes behält. Es ist das gewissermaßen die schützende Dornenrüstung, womit sich die schöne
Rose des körperlichen Lebens umgibt. Je freundlicher und zutulicher Lydia war, desto ungewisser und zweifelhafter wurde ich, weil
ich an mir selbst entnahm, wie schwer es einem möglich wird, eine
wirkliche Liebe zu zeigen, ohne sie ganz bei ihrem Namen zu nennen. Nur wenn sie streng, traurig und leidend schien, schöpfte ich
wieder einen halben Grund zu einer vernünftigen Hoffnung, aber
dies quälte mich alsdann noch viel tiefer und ich hielt mich nicht
wert, daß sie nur eine schlimme Minute um meinetwillen erleiden
sollte, der ich gern den Kopf unter ihre Füße gelegt hätte. Dann
ärgerte ich mich wieder, daß sie, um guter Dinge zu sein, verlangte,
ich sollte etwa aussehen wie ein verliebter närrischer Schneider, da
ich doch kein solcher war und ich auf meine Weise schon gedachte
beweglich zu werden zu ihrem Wohlgefallen. Kurz, ich ging einer
gänzlichen Verwirrung entgegen, war nicht mehr imstande, ein
einziges Geschäft ordnungsgemäß zu verrichten, und lief Gefahr,
als Soldat rückwärts zu kommen oder gar verabschiedet zu werden,
wenn ich nicht als ein abhängiger dienstbarer Lückenbüßer, der zu
weiter nichts zu brauchen, mich an das Haus des Gouverneurs hängen wollte.

Als daher die Engländer in bedenkliche Feindseligkeiten mit indischen Völkern gerieten und ein Feldzug eröffnet wurde, der
nachher ziemlich blutig für sie ausfiel, entschloß ich mich kurz und
trat wieder in meine Kompagnie als guter Kombattant, vom Gouverneur meinen Abschied nehmend. Derselbe wollte zwar nichts
davon wissen, sondern polterte, bat und schmeichelte mir, daß ich
bleiben möchte, wie alle solche Leute, die glauben, alles stehe mit
seinem Leib und Leben, mit seinem Wohl und Wehe nur zu ihrer
Verfügung da, um ihnen die Zeit zu vertreiben und zur Bequemlichkeit zu dienen. Lydia hingegen ließ sich während der drei oder
vier Tage, während welcher von meinem Abzug die Rede war,
kaum sehen. Geschah es aber, so sah sie mich nicht an oder warf
einen kurzen Blick voll Zornes auf mich, wie es schien; aber nur das

Auge schien zornig, ihr Gang und ihre übrigen Bewegungen waren dabei so still, edel und an sich haltend, daß dieser schöne Zorn mir das Herz zerriß. Auch hörte ich, daß sie des Morgens sehr spät zum Vorschein käme und daß man sich darüber den Kopf zerbräche; denn es deutete darauf, daß sie des Nachts nicht schlafe, und als ich sie am letzten Tage zufällig hinter ihrem Fenster sah, glaubte ich zu bemerken, daß sie ganz verweinte Augen hatte; auch zog sie sich schnell zurück, als ich vorüberging. Nichtsdestominder schritt ich meinen steifen Feldwebelsgang ruhig fort und verrichtete alles, weder rechts noch links sehend. So ging ich auch gegen Abend mit einem Burschen noch einmal durch die Pflanzungen, um ihm die Obhut derselben einigermaßen zu zeigen und ihn, so gut es ging, zu einem provisorischen Gärtner zuzustutzen, bis sich ein tauglicheres Subjekt zeigen würde. Wir standen eben in einem schlanken Rosenwäldchen, das ich gezogen hatte; die Bäumchen ragten just in die Höhe des Gesichtes und waren so dicht, daß, wenn man darin herumging, die Rosen einem an der Nase streiften, was sehr artig und bequem war und wozu der Gouverneur sehr gelacht hatte, da er sich nun nicht mehr zu bücken brauchte, um an den Rosen zu riechen. Als ich dem Burschen meine Anweisungen erteilte, kam Lydia herbei und schickte ihn mit irgendeinem Auftrage weg, und indem sie gleich mitzugehen willens schien, zögerte sie doch eine kurze Zeit, einige Rosen brechend, bis der Diener weg war. Ich zerrte ebenfalls noch ein Weilchen an einem Zweige herum, und wie ich mich umdrehte, um zu gehen, sah ich, daß ihr Tränen aus den Augen fielen. Ich hatte Mühe mich zu bezwingen, doch tat ich, als ob ich nichts gesehen, und eilte hinweg. Doch kaum war ich zehn Schritte gegangen, als ich hörte und fühlte, wie sie, bald laufend, bald stehenbleibend, hinter mir herkam, und so eine ganze Strecke weit. Ich hielt dies nicht mehr aus, wandte mich plötzlich um und sagte zu ihr, die kaum noch drei Schritte von mir entfernt war: ›Warum gehen Sie mir nach, Fräulein?‹

Sie stand still, wie von einer Schlange erschreckt, und wurde, den Blick zur Erde gesenkt, glühendrot im Gesicht; dann wurde sie bleich und weiß und zitterte am ganzen Leibe, während sie die großen blauen Augen zu mir aufschlug und nicht ein Wort hervorbrachte. Endlich sagte sie mit einer Stimme, in welcher empörter

Stolz mit gern ertragener Demütigung rang: ›Ich denke, ich kann in meinem Besitztume herumgehen, wo ich will!‹

›Gewiß!‹ erwiderte ich kleinlaut und setzte meinen Weg fort. Sie war jetzt an meiner Seite und ging neben mir her. Ich ging aber in meiner heftigen Aufregung mit so langen und raschen Schritten, daß sie trotz ihrer kräftigen Bewegungen mir mit Mühe folgen konnte, und doch tat sie es. Ich sah sie mehrmals groß an von der Seite und sah, daß ihr die Augen wieder voll Wasser standen, indessen dieselben wie kummervoll und demütig auf den Boden gerichtet waren. Mir brannte es ebenfalls siedendheiß im Gesicht und meine Augen wurden auch naß. Die Sache stand jetzt dergestalt auf der Spitze, daß ich entweder eine Dummheit oder eine Gewissenlosigkeit zu begehen im Begriffe stand, wovon ich weder das eine noch das andere zu tun gesonnen war. Doch dachte ich, indem ich so neben ihr herschritt, in meinen armen Gedanken: Wenn dies Weib dich liebt und du jemals mit Ehren an ihre Hand gelangest, so sollst du ihr auch dienen bis in den Tod, und wenn sie der Teufel selbst wäre!

Indem erreichten wir eine Stätte, wo ein oder zwei Dutzend Orangenbäume standen und die Luft mit Wohlgeruch erfüllten, während ein süßer frischer Lufthauch durch die reinlichen edelgeformten Stämme wehte. Ich glaube diesen betörenden Hauch und Duft noch jetzt zu fühlen, wenn ich daran denke; wahrscheinlich übte er eine ähnliche Wirkung auf das Geschöpf, das neben mir ging, daß es seine wundersame Leidenschaft, welche die Liebe zu sich selbst war, so aufs äußerste empfand und darstellte, als ob es eine wirkliche Liebe zu einem Manne wäre; denn sie ließ sich auf eine Bank unter den Orangen nieder und senkte das schöne Haupt auf die Hände; die goldenen Haare fielen darüber und reiche Tränen quollen durch ihre Finger.

Ich stand vor ihr still und sagte mit versagender Stimme: ›Was wollen Sie denn, was ist Ihnen, Fräulein Lydia?‹

›Was wollen Sie denn!‹ sagte sie, ›ist es je erhört, eine schöne und feine Dame so zu quälen und zu mißhandeln! Aus welchem barbarischen Lande kommen Sie denn? Was tragen Sie für ein Stück Holz in der Brust?‹

›Wie quäle, wie mißhandle ich denn?‹ erwiderte ich unschlüssig und betreten; denn obgleich sie einen guten Sinn haben konnte, schien mir diese Sprache dennoch nicht die rechte zu sein.

›Sie sind ein grober und übermütiger Mensch!‹ sagte sie, ohne aufzublicken.

Nun konnte ich nicht mehr an mich halten und erwiderte: ›Sie würden dies nicht sagen, mein Fräulein, wenn Sie wüßten, wie wenig grob und übermütig ich in meinem Herzen gegen Sie gesinnt bin! Und es ist gerade meine große Höflichkeit und Demut, welche ‑
‹

Sie blickte, als ich wieder verstummte, auf, und das Gesicht mit einem schmerzlichen, bittenden Lächeln aufgehellt, sagte sie hastig: ›Nun?‹ Wobei sie mir einen Blick zuwarf, der mich jetzt um den letzten Rest von Überlegung brachte. Ich, der ich es nie für möglich gehalten hätte, selbst dem geliebtesten Weibe zu Füßen zu fallen, da ich solches für eine Torheit und Ziererei ansah, ich wußte jetzt nicht, wie ich dazu kam, plötzlich vor ihr zu liegen und meinen Kopf ganz hingegeben und zerknirscht in den Saum ihres Gewandes zu verbergen, den ich mit heißen Tränen benetzte. Sie stieß mich jedoch augenblicklich zurück und hieß mich aufstehen; doch als ich dies tat, hatte sich ihr Lächeln noch vermehrt und verschönert und ich rief nun: ›Ja – so will ich es Ihnen nur sagen‹, und so weiter, und erzählte ihr meine ganze Geschichte mit einer Beredsamkeit, die ich mir kaum je zugetraut. Sie horchte begierig auf, während ich ihr gar nichts verschwieg von Anfang bis zu dieser Stunde und besonders ihr auch aus überströmendem Herzen das Bild entwarf, das von ihr in meiner Seele lebte und wie ich es seit einem halben Jahre oder mehr so emsig und treu ausgearbeitet und vollendet. Sie lachte, vor sich niedergehend und voll Zufriedenheit lauschend, die Hand unter das Kinn stützend, und sah immer mehr einem seligen Kinde gleich, dem man ein gewünschtes Spielzeug gegeben, als sie hörte und vernahm, wie nicht einer ihrer Vorzüge und Reize und nicht eines ihrer Worte bei mir verloren gegangen war. Dann reichte sie mir die Hand hin und sagte, freundlich errötend, doch mit zufriedener Sicherheit: ›Ich danke Ihnen sehr, mein Freund, für Ihre herzliche Zuneigung! Glauben Sie, es schmerzt mich, daß Sie um meinetwillen so lange besorgt und eingenommen waren; aber Sie sind ein ganzer Mann und ich muß Sie achten, da Sie einer so schönen und tiefen Neigung fähig sind!‹

Diese ruhige Rede fiel zwar wie ein Stück Eis in mein heißes Blut; doch gedachte ich sogleich, es ihr wohl und von Herzen zu gönnen, wenn sie jetzt die gefaßte und sich zierende Dame machen wolle, und mich in alles zu ergeben, was sie auch vornehmen und welchen Ton sie auch anschlagen würde.

Doch erwiderte ich bekümmert: ›Wer spricht denn von mir, schöne, schöne Lydia! Was hat alles, was ich leide oder nicht leide, erlitten habe oder noch erleiden werde, zu sagen gegenüber auch nur *einer* unmutigen oder gequälten Minute, die Sie erleiden? Wie kann ich unwerter und ungefüger Geselle eine solche je ersetzen oder vergüten?‹

›Nun‹, sagte sie, immer vor sich niederblickend und immer noch lächelnd, doch schon in einer etwas veränderten Weise, ›nun, ich muß allerdings gestehen, daß mich Ihr schroffes und ungeschicktes Benehmen sehr geärgert und sogar gequält hat; denn ich war an so etwas nicht gewöhnt, vielmehr daß ich überall, wo ich hinkam,

Artigkeit und Ergebenheit um mich verbreitete. Ihre scheinbare grobe Fühllosigkeit hat mich ganz schändlich geärgert, sage ich Ihnen, und um so mehr als mein Vater und ich viel von Ihnen hielten. Um so lieber ist es mir nun zu sehen, daß Sie doch auch ein bißchen Gemüt haben, und besonders, daß ich an meinem eigenen Werte nicht länger zu zweifeln brauche; denn was mich am meisten kränkte, war dieser Zweifel an mir selbst, an meinem persönlichen Wesen, der in mir sich zu regen begann. Übrigens, bester Freund, empfinde ich keine Neigung zu Ihnen, so wenig als zu jemand anderm, und hoffe, daß Sie sich mit aller Hingebung und Artigkeit, die Sie soeben beurkundet, in das Unabänderliche fügen werden, ohne mir gram zu sein!‹

Wenn sie geglaubt, daß ich nach dieser unbefangenen Eröffnung gänzlich rat- und wehrlos vor ihr darniederliegen werde, so hatte sie sich getäuscht. Vor dem vermeintlich guten und liebevollen Weibe hatte mein Herz gezittert, vor dem wilden Tiere dieser falschen gefährlichen Selbstsucht zitterte ich so wenig mehr als ich es vor Tigern und Schlangen zu tun gewohnt war. Im Gegenteil, anstatt verwirrt und verzweifelt zu sein und die Täuschung nicht aufgeben zu wollen, wie es sonst wohl geschieht in dergleichen Auftritten, war ich plötzlich so kalt und besonnen, wie nur ein Mann es sein kann, der auf das schmählichste beleidigt und beschimpft worden ist, oder wie ein Jäger es sein kann, der statt eines edlen scheuen Rehes urplötzlich eine wilde Sau vor sich sieht. Ein seltsam gemischtes, unheimliches Gefühl von Kälte freilich, wenn ich bei alledem die Schönheit ansehen mußte, die da vor mir glänzte. Doch dieses ist das unheimliche Geheimnis der Schönheit.

Indessen, wäre ich nicht von der Sonne ganz braun gebrannt gewesen, so würde ich jetzt dennoch so weiß ausgesehen haben wie die Orangeblüten über mir, als ich ihr nach einigem Schweigen erwiderte: ›Und also um Ihren edlen Glauben an Ihre Persönlichkeit herzustellen, war es Ihnen möglich, alle Zeichen der reinen und tiefen Liebe und Selbstentäußerung zu verwenden? Zu diesem Zwecke gingen Sie mir nach wie ein unschuldiges Kind, das seine Mutter sucht, redeten Sie mir fortwährend nach dem Munde, wurden Sie bleich und leidend, vergossen Sie Tränen und zeigten eine so goldene und rückhaltlose Freude, wenn ich mit Ihnen nur ein Wort sprach?‹

›Wenn es so ausgesehen hat, was ich tat‹, sagte sie noch immer selbstzufrieden, ›so wird es wohl so sein. Sie sind wohl ein wenig böse, eitler Mann! daß Sie nun doch nicht der Gegenstand einer gar so demutvollen und grenzenlosen weiblichen Hingebung sind? daß ich Ärmste nicht das sehnlich blökende Lämmlein bin, für das Sie mich in Ihrer Vergnügtheit gehalten?‹

›Ich war nicht vergnügt, Fräulein!‹ erwiderte ich. ›Indessen, wenn die Götter, wenn Christus selbst, einer unendlichen Liebe zu den Menschen vielfach sich hingaben und wenn die Menschheit von jeher ihr höchstes Glück darin fand, dieser rückhaltlosen Liebe der Götter wert zu sein und ihr nachzugehen: warum sollte ich mich schämen, mich ähnlich geliebt gewähnt zu haben? Nein, Fräulein Lydia! ich rechne es mir sogar zur Ehre an, daß ich mich von Ihnen fangen ließ, daß ich eher an die einfache Liebe und Güte eines unbefangenen Gemütes glaubte, bei so klaren und entschiedenen Zeichen, als daß ich verdorbenerweise nichts als eine einfältige Komödie dahinter gefürchtet. Denn einfältig ist die Geschichte! Welche Garantie haben Sie denn nun für Ihren Glauben an sich selbst, da Sie solche Mittel angewendet, um nur den ärmsten aller armen Kriegsleute zu gewinnen, Sie, die schöne und vornehme englische Dame?‹

›Welche Garantie?‹ antwortete Lydia, die nun allmählich blaß und verlegen wurde, ›ei! Ihre verliebte Neigung, zu deren Erklärung ich Sie endlich gezwungen habe! Sie werden mir doch nicht leugnen wollen, daß Sie hingerissen waren und mir soeben erzählten, wie ich Ihnen von jeher gefallen? Warum ließen Sie das in ihrer Grobheit nicht ein klein weniges merken, so wie es dem schlichtesten und anspruchlosesten Menschen wohl ansteht, und wenn er ein Schafhirt wäre, so würde uns diese ganze Komödie, wie Sie es nennen, erspart worden sein und ich hätte mich begnügt!‹

›Hätten Sie mich in meiner Ruhe gelassen, meine Schöne‹, erwiderte ich, ›so hätten Sie mehr gewonnen. Denn Sie scheinen zu vergessen, daß dies Wohlgefallen sich jetzt notwendig in sein Gegenteil verkehren muß, zu meinen eigenen Schmerzen!‹

›Hilft Ihnen nichts‹, sagte sie, ›ich weiß einmal, daß ich Ihnen wohlgefallen habe und in Ihrem Blute wohne! Ich habe Ihr Geständnis angehört und bin meiner Eroberung versichert. Alles übrige ist gleichgültig; so geht es zu, bester Herr Pankrazius, und so werden diejenigen bestraft, die sich vergehen im Reiche der Königin Schönheit!‹

›Das heißt‹, sagte ich, ›es scheint dies Reich eher einer Zigeunerbande zu gleichen. Wie können Sie eine Feder auf den Hut stecken, die Sie gestohlen haben, wie eine gemeine Ladendiebin? gegen den Willen des Eigentümers?‹

Sie antwortete: ›Auf diesem Felde, bester Herr Eigentümer, gereicht der Diebstahl der Diebin zum Ruhm, und Ihr Zorn beweist nur aufs neue, wie gut ich Sie getroffen habe!‹

So zankten wir noch eine gute halbe Stunde herum in dem süßen Orangenhaine, aber mit bittern harten Worten, und ich suchte vergeblich ihr begreiflich zu machen, wie diese abgestohlene und erschlichene Liebesgeschichte durchaus nicht den Wert für sie haben könnte, den sie ihr beilegte. Ich führte diesen Beweis nicht nur aus philisterhafter Verletztheit und Dummheit, sondern auch um irgendeinen Funken vom Gefühl ihres Unrechtes und der Unsittlichkeit ihrer Handlungsweise in ihr zu erwecken. Aber umsonst! Sie wollte nicht einsehen, daß eine rechte Gemütsverfassung erst dann in der vollen und rückhaltlosen Liebe aufflammt, wenn sie Grund zur Hoffnung zu haben glaubt, und daß also diesen Grund zu geben, ohne etwas zu fühlen, immer ein grober und unsittlicher Betrug bleibt, und um so gewissenloser als der Betrogene einfacher, ehrlicher und argloser Art ist. Immer kam sie auf das Faktum meiner Liebeserklärung zurück, und zwar warf sie, die sonst ein so gesundes Urteil zu haben schien, die unsinnigsten, kleinlichsten und unanständigsten Reden und Argumente durcheinander und tat einen wahren Kindskopf kund. Während der ganzen Jahre unsres Zusammenseins hatte ich nicht so viel mit ihr gesprochen wie in dieser letzten zänkischen Stunde, und nun sah ich, o gerechter Gott! daß es ein Weib war von einem groß angelegten Wesen, mit den Manieren, Bewegungen und Kennzeichen eines wirklich edlen und seltenen Weibes, und bei alledem mit dem Gehirn – einer ganz gewöhnlichen Soubrette, wie ich sie nachmalen zu Dutzenden gesehen habe auf den Vaudevilletheatern zu Paris! Während dieses Zankes aber verschlang ich sie dennoch fortwährend mit den Augen, und ihre unbegreifliche grundlose, so persönlich scheinende

Schönheit quälte mein Herz in die Wette mit dem Wortwechsel, den
wir führten. Als sie aber zuletzt ganz sinnlose und unverschämte
Dinge sagte, rief ich, in bittere Tränen ausbrechend: ›O Fräulein! Sie
sind ja der größte Esel, den ich je gesehen habe!‹

Sie schüttelte heftig die Wucht ihrer Locken und sah bleich und erstaunt zu mir auf, wobei ein wilder schiefer Zug um ihren sonst so schönen Mund schwebte. Es sollte wohl ein höhnisches Lächeln sein, ward aber zu einem Zeichen seltsamer Verlegenheit.

›Ja‹, sagte ich, mit den Fäusten meine Tränen zerreibend, ›nur wir Männer können sonst Esel sein, dies ist unser Vorrecht, und wenn ich Sie auch so nenne, so ist es noch eine Art Auszeichnung und Ehre für Sie. Wären Sie nur ein bißchen gewöhnlicher und geringer, so würde ich Sie einfach eine schlechte Gans schelten!‹

Mit diesen Worten wandte ich mich endlich von ihr ab und ging, ohne ferner nach ihr hinzublicken, aber mit dem Gefühle, daß ich das, was mir jemals in meinem Leben von reinem Glück beschieden sein mochte, jetzt für immer hinter mir lasse und daß es jetzt vorbei wäre mit meiner gläubigen Frömmigkeit in solchen Dingen.

Das hast du nun von deinem unglückseligen Schmollwesen! sagte ich zu mir selbst, hättest du von Anbeginn zuweilen nur halb so lange mit ihr freundlich gesprochen, so hätte es dir nicht verborgen bleiben können, wes Geistes Kind sie ist, und du hättest dich nicht so gröblich getäuscht! Fahr hin und zerfließe denn, du schönes Luftgebilde!

Als ich mich nun mit zerrissenen Gedanken vom Gouverneur verabschiedete, sah mich derselbe vergnüglich und verschmitzt an und blinzelte spöttisch mit den Augen. Ich merkte, daß er meine Affäre wohl kannte, überhaupt dieselbe von jeher beobachtet hatte und eine Art von schadenfrohem Spaß darüber empfand. Da er sonst ein ganz biederer und honetter Mann war, so konnte das nichts anderes sein als die einfältige Freude aller Philister an grausamen und schlechten Bratenspäßen. Im vorigen Jahrhundert belustigten sich große Herren daran, ihre Narren, Zwerge und sonstigen Untergebenen betrunken zu machen und dann mit Wasser zu begießen oder körperlich zu mißhandeln. Heutzutage wird dies bei den Gebildeten nicht mehr beliebt; dagegen unterhält man sich mit Vorliebe damit, allerlei feine Verwirrungen anzuzetteln, und je weniger solche Philisterseelen selber einer starken und gründlichen Leidenschaft fähig sind, desto mehr fühlen sie das Bedürfnis, dergleichen mit mehr oder weniger plumpen Mitteln in denen zu erwecken, die sich dazu eignen, in solche herzlos aufgestellten Mäusefallen zu geraten. Wenn nun der Gouverneur seinerseits es nicht verschmähte, seine eigene Tochter als gebratenen Speck zu verwenden, so war hiegegen nichts weiter zu sagen, und ich nahm, obschon noch ein guter Gepäckwagen abfuhr, eigensinnig meinen schweren Tornister und die Muskete auf den Rücken und führte einen zurückgebliebenen Trupp in die Nacht hinaus dem Regimente nach, das schon in der Frühe abmarschiert war.

Ich sah mich nach einem mühseligen und heißen Marsch nun in eine neue Welt versetzt, als die Kampagne eröffnet war und die Truppen der ostindischen Kompagnie sich mit den wilden Bergstämmen an der äußersten Grenze des indobritischen Reiches herumschlugen. Einzelne Kompagnien unsres Regimentes waren fortwährend vorgeschoben; eines Tages aber wurde die meinige so mörderlich umzingelt, daß wir uns mitten in einem Knäuel von banditenähnlichen Reitern, Elefanten und sonderbaren bemalten und vergoldeten Wagen befanden, auf denen stille schöne hindostanische Scheinfürsten saßen, von den wilden Häuptlingen als Puppen mitgeführt. Unsere sämtlichen Offiziere fielen an diesem Tage und die Kompagnie schmolz auf ein Drittel zusammen. Da ich mich ordentlich hielt und einige Dienste leistete, so erlangte ich das Patent des ersten Leutnants der Kompagnie und nach Beendigung des Feldzuges war ich deren Kapitän.

Als solcher hielt ich mit etwa hundertundfünfzig Mann zwei Jahre lang einen kleinen Grenzbezirk besetzt, welcher zur Abrundung unsres Gebietes erobert worden, und war während dieser Zeit der oberste Machthaber in dieser heidnischen Wildnis. Ich war nun so einsam als ich je in meinem Leben gewesen, mißtrauisch gegen alle Welt und ziemlich streng in meinem Dienstverkehr, ohne gerade böse oder ungerecht zu sein. Meine Haupttätigkeit bestand darin, christliche Polizei einzuführen und unsern Religionsleuten nachdrücklichen Schutz zu gewähren, damit sie ungefährdet arbeiten konnten. Hauptsächlich aber hatte ich das Verbrennen der indischen Weiber zu verhüten, wenn ihre Männer gestorben, und da die Leute eine förmliche Sucht hatten, unser englisches Verbot zu übertreten und einander bei lebendigem Leibe zu braten zu Ehren der Gattentreue, so mußten wir stets auf den Beinen sein, um dergleichen zu hintertreiben. Sie waren dann ebenso mürrisch und mißvergnügt, wie wenn hierzulande die Polizei ein unerlaubtes Vergnügen stört. Einmal hatten sie in einem entfernten Dorfe die Sache ganz schlau und heimlich so weit gebracht, daß der Scheiterhaufen schon lichterloh brannte, als ich atemlos herzugeritten kam und das Völkchen auseinanderjagte. Auf dem Feuer lag die Leiche eines uralten, gänzlich vertrockneten Gockelhahns, welcher schon ein wenig brenzelte. Neben ihm aber lag ein bildschönes Weibchen von kaum sechszehn Jahren, welches mit lächelndem Munde und silberner Stimme seine Gebete sang. Glücklicherweise hatte das Geschöpfchen noch nicht Feuer gefangen und ich fand gerade noch Zeit, vom Pferde zu springen und sie bei den zierlichen Füßchen zu packen und vom Holzstoß zu ziehen. Sie gebärdete sich aber wie besessen und wollte durchaus verbrannt sein mit ihrem alten Stänker, so daß ich die größte Mühe hatte, sie zu bändigen und zu beschwichtigen. Freilich gewannen diese armen Witwen nicht viel durch solche Rettung; denn sie fielen hernach unter den Ihrigen der äußersten Schande und Verlassenheit anheim, ohne daß das Gouvernement etwas dafür tat, ihnen das gerettete Leben auch leicht zu machen. Diese Kleine gelang es mir indessen zu versorgen, indem ich ihr eine Aussteuer verschaffte und an einen getauften Hindu verheiratete, der bei uns diente, dem sie auch getreulich anhing.

Allein diese wunderlichen Vorfälle beschäftigten meine Gedanken und erweckten allmählich in mir den Wunsch nach dem Genusse solcher unbedingten Treue, und da ich für diese Laune kein Weib zu meiner Verfügung hatte, verfiel ich einer ganz weichlichen Sehnsucht, selber so treu zu sein, und damit zugleich einer heißen Sehnsucht nach Lydia. Da ich nun Rang und gute Aussichten besaß, schien es mir nicht unmöglich, bei einem klugen Benehmen die schöne Person, falls sie noch zu haben wäre, dennoch erlangen zu können, und in dieser tollen Idee bestärkte mich noch der Umstand, daß sie sich doch so viel aufrichtige und sorgenvolle Mühe gegeben, mir den Kopf zu verdrehen. Irgendeinen Wert mußt du doch, dachte ich, in ihren Augen gehabt haben, sonst hätte sie gewiß nicht soviel darangesetzt. Also gedacht, getan; nämlich ich geriet jetzt auf die fixe Idee, die Lydia, wenn sie mich möchte, zu heiraten, wie sie eben wäre, und ihr um ihrer schönen Persönlichkeit willen, für die es nichts Ähnliches gab, treu und ergeben zu sein ohne Schranken noch Ziel, auch ihre Verkehrtheit und schlimmen Eigenschaften als Tugenden zu betrachten und dieselben zu ertragen, als ob sie das süßeste Zuckerbrot wären. Ja, ich phantasierte mich wieder so hinein, daß mir ihre Fehler, selbst ihre teilweise Dummheit, zum wünschbarsten aller irdischen Güter wurden, und in tausend erfundenen Variationen wandte ich dieselben hin und her und malte mir ein Leben aus, wo ein kluger und geschickter Mann die Verkehrtheiten und Mängel einer liebenswürdigen Frau täglich und stündlich in ebensoviel artige und erfreuliche Abenteuer zu verwandeln und ihren Dummheiten mittelst einer von Liebe und Treue getragenen Einbildungskraft einen goldenen Wert zu verleihen wisse, so daß sie lachend auf dieselben sich noch etwas zugut tun könne. Gott weiß, wo ich diese geschäftige Einbildungskraft hernahm, wahrscheinlich immer noch aus dem unglücklichen Shakespeare, den mir die Hexe gegeben und womit sie mich doppelt vergiftet hatte. Es nimmt mich nur wunder, ob sie auch selbst je mit Andacht darin gelesen hat!

Kurz, als ich hinlänglich wieder berauscht war von meinen Träumen und von meinem entlegenen Posten zugleich abgelöst wurde, nahm ich Urlaub und begab mich Hals über Kopf zu dem Gouverneur. Er lebte noch in den alten Verhältnissen und empfing mich ganz gut, und auch die Tochter war noch bei ihm und empfing mich freundlicher als ich erwartet. Kaum hatte ich sie wieder gesehen und einige Worte sprechen gehört, so war ich wieder ganz in sie vernarrt und in meiner fixen Idee vollends bestärkt, und es schien mir unmöglich, ohne die Verwirklichung derselben je froh zu werden.

Allein sie betrieb nun das Geschäft in krankhafter Überreizung ganz offen und großartig und frönte ihrer unglücklichen Selbstsucht ohne allen Rückhalt. Sie war jetzt umgeben von einer Schar ziemlich roher und eitler Offiziere, die ihr auf ganz ordinäre Weise den Hof machten und sagten, was sie gern hören mochte, kam es auch heraus, wie es wollte. Es war eine vollständige Hetzjagd von Trivialitäten und hohlem Wesen, und die derbsten Zudringlichkeiten wurden am liebsten angenommen, wenn sie nur aus gänzlicher Ergebenheit herzurühren schienen und die Unglückliche in ihrem Glauben an sich selbst aufrecht erhielten. Außerdem hatte sie zur Zeit einem armen Tambour mit einem einzigen Blicke den Kopf verdreht, der nun ganz aufgeblasen umherging und sich ihr überall in den Weg stellte; und einen Schuster, der für sie arbeitete, hatte sie

dermaßen betört, daß er jedesmal, wenn er ihr Schuhe brachte, auf
dem Hausflur ein Bürstchen mit einem Spiegelchen hervorzog und
sich sorgfältig den Kopf putzte, wie eine Katze, da er zuverlässig
erwartete, es würde diesmal etwas vorgehen. Wenn man ihn kommen sah, so begab sich die ganze Gesellschaft auf eine verdeckte
Galerie, um dem armen Teufel in seinem feierlichen Werke zuzuse-
hen. Das Sonderbarste war, daß niemand an diesem Wesen ein
Ärgernis nahm, man also nichts Besseres von Lydia zu erwarten
schien und ihre Aufführung ihrer würdig hielt und also ich der
einzige war, der so große Meinungen von ihr im Herzen trug, so
daß alle diese Hansnarren, die ich verachtete, die sie aber nahmen,
wie sie war, klüger zu sein schienen als ich in meiner tiefsinnigen
Leidenschaft. Aber nein! rief ich, sie ist doch so, wie ich sie denke,
und eben weil das alles Strohköpfe sind, sind sie so frech gegen sie
und wissen nicht, was an ihr ist oder sein könnte! Und ich zitterte
darnach, ihr noch einmal den Spiegel vorzuhalten, aus dem ihr
besseres Bild zurückstrahlte und alles Wertlose um sie her weg-
blendete. Allein der äußere Anstand und die Haltung, welche ich
auch bei aller Anstrengung nicht aufgeben konnte, machten es mir
unmöglich, mich unter diese Affenschwänze zu mischen und nur
den kleinsten Schritt gegen Lydia zu tun. Ich ward abermals konfus,
ungeduldig, nahm plötzlich meinen Abschied aus der indischen
Armee und machte mich davon, um heimzukehren und die Unseli-
ge zu vergessen.

So gelangte ich nach Paris und hielt mich daselbst einige Wochen
auf. Da ich eine große Menge schöner und kluger Weiber sah, dachte ich, es wäre das beste Mittel meine unglückliche Geschichte los
zu werden, in recht viele hübsche Frauengesichter zu blicken, und
ging daher von Theater zu Theater und an alle Orte, wo dergleichen
beisammen waren; ließ mich auch in verschiedene gute Häuser und
Gesellschaften einführen. Ich sah in der Tat viele tüchtige Gestalten
von edlem Schwung und Zuschnitt und in deren Augen nicht un-
ebene Gedanken lagen; aber alles was ich sah, führte mich nur auf
Lydia zurück und diente zu deren Gunsten. Sie war nicht zu vergessen und ich war und blieb aufs neue elend verliebt in sie. Ich
hatte das allerunheimlichste sonderbarste Gefühl, wenn ich an sie
dachte. Es war mir zumute, als ob notwendigerweise ein weibliches
Wesen in der Welt sein müßte, welches genau das Äußere und die

Manieren dieser Lydia, kurz deren bessere Hälfte besäße, dazu aber auch die entsprechende andere Hälfte, und daß ich nur dann würde zur Ruhe kommen, wenn ich diese ganze Lydia fände; oder es war mir, als ob ich verpflichtet wäre, die rechte Seele zu diesem schönen halben Gespenste zu suchen; mit einem Worte, ich wurde abermals krank vor Sehnsucht nach ihr, und da es doch nicht anging zurückzukehren, suchte ich neue Sonnenglut, Gefahr und Tätigkeit und nahm Dienste in der französisch-afrikanischen Armee. Ich begab mich sogleich nach Algier und befand mich bald am äußersten Saume der afrikanischen Provinz, wo ich im Sonnenbrand und auf dem glühenden Sande mich herumtummelte und mit den Kabylen herumschlug.«

Da in diesem Augenblick das schlafende Estherchen, das immer einen Unfug machen mußte, träumte, es falle eine Treppe hinunter, und demgemäß auf seinem Stuhle ein plötzliches Geräusch erregte, blickte der erzählende Pankrazius endlich auf und bemerkte, daß seine Zuhörerinnen schliefen. Zugleich entdeckte er erst jetzt, daß er denselben eigentlich nichts als eine Liebesgeschichte erzählt, schämte sich dessen und wünschte, daß sie gar nichts davon gehört haben möchten. Er weckte die Frauen auf und hieß sie ins Bett gehen, und er selbst suchte ebenfalls das Lager auf, wo er mit einem langen, aber gemütlichen Seufzer einschlief. Er lag wohl so lange im Bette wie einst, als er der faule und unnütze Pankräzlein gewesen, so daß ihn die Mutter wie ehedem wecken mußte. Als sie nun zusammen beim Frühstück saßen und Kaffee tranken, sagte er, mit seinem Bericht fortfahrend:

»Wenn ihr nicht geschlafen hättet, so würdet ihr gehört haben, wie ich in Ostindien im Begriffe war, aus einem Murrkopf ein äußerst zutulicher und wohlwollender Mensch zu werden um eines schönen Frauenzimmers willen, wie aber eben meine Schmollerei mir einen argen Streich gespielt hat, da sie mich verhinderte, besagtes Frauenzimmer näher zu kennen, und mich blindlings in selbe verlieben ließ; wie ich dann betrogen wurde und als ein neugestählter Schmoller aus Indien nach Afrika ging zu den Franzosen, um dort den Burnusträgern die lächerlichen turmartigen Strohhüte herunterzuschlagen und ihnen die Köpfe zu zerbläuen, was ich mit so grimmigem Eifer tat, daß ich auch bei den Franzosen avancierte und Oberst ward, was ich geblieben bin bis jetzt.

Ich war wieder so einsilbig und trübselig als je und kannte nur zwei Arten mich zu vergnügen: die Erfüllung meiner Pflicht als Soldat und die Löwenjagd. Letztere betrieb ich ganz allein, indem ich mit nichts als mit einer guten Büchse bewaffnet zu Fuß ausging und das Tier aufsuchte, worauf es dann darauf ankam, dasselbe sicher zu treffen oder zugrunde zu gehen. Die stete Wiederholung dieser einen großen Gefahr und das mögliche Eintreffen eines endlichen Fehlschusses sagte meinem Wesen zu, und nie war ich behaglicher als wenn ich so seelenallein auf den heißen Höhen herumstreifte und einem starken wilden Burschen auf der Spur war, der mich gar wohl bemerkte und ein ähnliches schmollendes Spiel trieb mit mir wie ich mit ihm. So war vor jetzt ungefähr vier Monaten ein ungewöhnlich großer Löwe in der Gegend erschienen, dieser, dessen Fell hier liegt, und lichtete den Beduinen ihre Herden, ohne daß man ihm beikommen konnte; denn er schien ein durchtriebener Geselle zu sein und machte täglich große Märsche kreuz und quer, so daß ich bei meiner Weise zu Fuß zu jagen lange Zeit brauchte, bis ich ihn nur von ferne zu Gesicht bekam. Als ich ihn zwei- oder dreimal gesehen, ohne zum Schuß zu kommen, kannte er mich schon und merkte, daß ich gegen ihn etwas im Schilde führe. Er fing gewaltig an zu brüllen, und verzog sich, um mir an einer anderen Stelle wieder zu begegnen, und wir gingen so umeinander herum während mehreren Tagen, wie zwei Kater, die sich zausen wollen, ich lautlos wie das Grab und er mit einem zeitweiligen wilden Geknurre.

Eines Tages war ich vor Sonnenaufgang aufgebrochen und nach einer noch nie eingeschlagenen Richtung hingegangen, weil der Löwe tags vorher sich auf der entgegengesetzten Seite herumgetrieben und einen vergeblichen Raubversuch gemacht; da die dortigen Leute mit ihren Tieren abgezogen waren, so vermutete ich, der hungrige Herr werde vergangene Nacht wohl diesen Weg eingeschlagen haben, wie es sich denn auch erwies. Als die Sonne aufging, schlenderte ich gemächlich über ein hügeliges goldgelbes Gefilde, dessen Unebenheiten lange himmelblaue Schatten über den goldenen Boden hinstreckten. Der Himmel war so dunkelblau wie Lydias Augen, woran ich unversehens dadurch erinnert wurde; in weiter Ferne zogen sich blaue Berge hin, an welchen das arabische Städtchen lag, das ich bewohnte, und am andern Rande der Aussicht einige Wälder und grüne Fluren, auf denen man den Rauch und selbst die Zelte der Beduinen wie schwarze Punkte sehen konnte. Es war totenstill überall und kein lebendes Wesen zu erspähen. Da stieß ich an den Rand einer Schlucht, welche sich durch die ganze steinige Gegend hinzog und nicht zu sehen war, bis man dicht an ihr stand. Es floß ein kühler frischer Bach auf ihrem Grunde, und wo ich eben stand, war die Vertiefung ganz mit blühendem Oleandergebüsch angefüllt. Nichts war schöner zu sehen als das frische Grün dieser Sträucher und ihre tausendfältigen rosenroten Blüten und zuunterst das fließende klare Wässerlein. Der Anblick ließ eine verjährte Sehnsucht in mir aufsteigen und ich vergaß, warum ich hier herumstrich. Ich wünschte in den Oleander hinabzugehen und aus dem Bach zu trinken, und in diesen zerstreuten Gedanken legte ich mein Gewehr auf den Boden und kletterte eiligst in die Schlucht hinunter, wo ich mich zur Erde warf, aus dem Bache trank, mein Gesicht benetzte und dabei an die schöne Lydia dachte. Ich grübelte, wo sie wohl sein möchte, wo sie jetzt herumwandle und wie es ihr überhaupt gehen möchte? Da hörte ich ganz nah den Löwen ein kurzes Gebrüll ausstoßen, daß der Boden zitterte. Wie besessen sprang ich auf und schwang mich den Abhang hinauf, blieb aber wie angenagelt oben stehen, als ich sah, daß das große Tier, kaum zehn Schritte von mir, eben bei meinem Gewehr angekommen war. Und wie ich dastand, so blieb ich auch stehen, die Augen auf die Bestie geheftet. Denn als er mich erblickte, kauerte er zum Sprunge nieder, gerade über meiner Doppelbüchse, daß sie quer unter seinem Bauche lag, und wenn ich mich nur gerührt hätte, so würde er gesprungen sein und mich unfehlbar zerrissen haben. Aber ich stand und stand so einige lange Stunden, ohne ein Auge von ihm zu verwenden und ohne daß er eines von mir verwandte. Er legte sich gemächlich nieder und betrachtete mich. Die Sonne stieg höher; aber während die furchtbarste Hitze mich zu quälen anfing, verging die Zeit so langsam wie die Ewigkeit der Hölle. Weiß Gott, was mir alles durch den Kopf ging: ich verwünschte die Lydia, deren bloßes Andenken mich abermals in dieses Unheil gebracht, da ich darüber meine Waffe vergessen hatte. Hundertmal war ich versucht, allem ein Ende zu machen und auf das wilde Tier loszuspringen mit bloßen Händen; allein die Liebe zum Leben behielt die Oberhand und ich stand und stand wie das versteinerte Weib des Lot oder wie der Zeiger einer Sonnenuhr; denn mein Schatten ging mit den Stunden um mich herum, wurde ganz kurz und begann schon wieder sich zu verlängern. Das war die bitterste Schmollerei, die ich je verrichtet, und ich nahm mir vor und gelobte, wenn ich dieser Gefahr entränne, so wolle ich umgänglich und freundlich werden, nach Hause gehen und mir und andern das Leben so angenehm als möglich machen. Der Schweiß lief an mir herunter, ich zitterte vor krampfhafter Anstrengung, um mich auf selbem Fleck unbeweglich aufrecht zu halten, leise an allen Gliedern, und wenn ich nur die vertrockneten Lippen bewegte, so richtete sich der Löwe halb auf, wackelte mit seinem Hintergestell, funkelte mit den Augen und brüllte, so daß ich den Mund schnell wieder schloß und die Zähne aufeinanderbiß. Indem ich aber so eine lange Minute um die andere abwickeln und erleben mußte, verschwand der Zorn und die Bitterkeit in mir, selbst gegen den Löwen, und je schwächer ich wurde, desto geschickter ward ich in einer mich angenehm dünkenden, lieblichen Geduld, daß ich alle Pein aushielt und tapfer ertrug. Es würde aber, als endlich der Tag schon vorgerückt war, doch nicht mehr lange gegangen sein, als eine unverhoffte Rettung sich auftat. Das Tier und ich waren so ineinander vernarrt, daß keiner von uns zwei Soldaten bemerkte, welche im Rücken des Löwen hermarschiert kamen, bis sie auf höchstens dreißig Schritte nahe waren. Es war eine Patrouille, die ausgesandt war mich zu suchen, da sich Geschäfte eingestellt hatten. Sie trugen ihre Ordonnanzgewehre auf der Schulter und ich sah gleichzeitig dieselben vor mir aufblitzen gleich einer himmlischen Gnadensonne, als auch mein Widersacher ihre Schritte hörte in der Stille der Landschaft; denn sie hatten schon von weitem etwas bemerkt und waren so leise als möglich gegangen. Plötzlich schrieen sie jetzt: ›Schau die Bestie! Hilf dem Oberst!‹ Der Löwe wandte sich um, sprang empor, sperrte wütend den Rachen auf, erbost wie ein Satan, und war einen Augenblick lang unschlüssig, auf wen er sich zuerst stürzen solle. Als aber die zwei Soldaten als brave lustige Franzosen, ohne sich zu besinnen, auf ihn zusprangen, tat er einen Satz gegen sie. Im gleichen Augenblick lag auch der eine unter seinen Tatzen, und es wäre ihm schlecht ergangen, wenn nicht der andere im gleichen Augenblicke dem Tier, zugleich den Schuß abfeuernd, das Bajonett ein halbes Dutzendmal in die Flanke gestoßen hätte. Aber auch diesem würde es schließlich schlimm ergangen sein, wenn ich nicht endlich auf meine Büchse zugesprungen, auf den Kampfplatz getaumelt wäre und dem Löwen, ohne weitere Vorsicht, beide Kugeln in das Ohr geschossen hätte. Er streckte sich aus und sprang wieder auf, es war noch der Schuß aus der anderen Muskete nötig, ihn abermals hinzustrecken, und endlich zerschlugen wir alle drei unsere Kolben an dem Tiere, so zäh und wild war sein Leben. Es hatte merkwürdigerweise keiner Schaden genommen, selbst der nicht, der unter dem Löwen gelegen, ausgenommen seinen zerrissenen Rock und einige tüchtige Schrammen auf der Schulter. So war die Sache für dasmal glücklich abgelaufen und wir hatten obenein den lange gesuchten Löwen erlegt. Ein wenig Wein und Brot stellte meinen guten Mut vollends wieder her, und ich lachte wie ein Narr mit den guten Soldaten,

welche über die Freundlichkeit und Gesprächigkeit ihres bösen
Obersten sehr verwundert und erbaut waren.

Noch in selber Woche aber führte ich mein Gelübde aus, kam um
meine Entlassung ein, und so bin ich nun hier.«

So lautete die Geschichte von Pankrazens Leben und Bekehrung,
und seine Leutchen waren höchlich verwundert über seine Meinungen und Taten. Er verließ mit ihnen das Städtchen Seldwyla
und zog in den Hauptort des Kantons, wo er Gelegenheit fand, mit
seinen Erfahrungen und Kenntnissen ein dem Lande nützlicher
Mann zu sein und zu bleiben, und er ward sowohl dieser Tüchtig-
keit als seiner unverwüstlichen ruhigen Freundlichkeit wegen ge-
achtet und beliebt; denn nie mehr zeigte sich ein Rückfall in das
frühere Wesen.

Nur ärgerten sich Estherchen und die Mutter, daß ihnen die Geschichte mit der Lydia entgangen war, und wünschten unaufhörlich
deren Wiederholung. Allein Pankraz sagte, hätten sie damals nicht
geschlafen, so hätten sie dieselbe erfahren; er habe sie *einmal* erzählt
und werde es nie wieder tun, es sei das erste und letzte Mal, daß er
überhaupt gegen jemanden von diesem Liebeshandel gesprochen,
und damit Punktum. Die Moral von der Geschichte sei einfach, daß
er in der Fremde durch ein Weib und ein wildes Tier von der Unart
des Schmollens entwöhnt worden sei.

Nun wollten sie wenigstens den Namen jener Dame wissen, welcher ihnen wegen seiner Fremdartigkeit wieder entfallen war, und
fragten unaufhörlich: »Wie hieß sie denn nur?« Aber Pankraz erwiderte ebenso unaufhörlich: »Hättet ihr aufgemerkt! Ich nenne diesen
Namen nicht mehr!« Und er hielt Wort; niemand hörte ihn jemals
wieder das Wort aussprechen und er schien es endlich selbst vergessen zu haben.

Über tredition

Eigenes Buch veröffentlichen

tredition wurde 2006 in Hamburg gegründet und hat seither mehrere tausend Buchtitel veröffentlicht. Autoren veröffentlichen in wenigen leichten Schritten gedruckte Bücher, e-Books und audioBooks. tredition hat das Ziel, die beste und fairste Veröffentlichungsmöglichkeit für Autoren zu bieten.

tredition wurde mit der Erkenntnis gegründet, dass nur etwa jedes 200. bei Verlagen eingereichte Manuskript veröffentlicht wird. Dabei hat jedes Buch seinen Markt, also seine Leser. tredition sorgt dafür, dass für jedes Buch die Leserschaft auch erreicht wird.

Im einzigartigen Literatur-Netzwerk von tredition bieten zahlreiche Literatur-Partner (das sind Lektoren, Übersetzer, Hörbuchsprecher und Illustratoren) ihre Dienstleistung an, um Manuskripte zu verbessern oder die Vielfalt zu erhöhen. Autoren vereinbaren direkt mit den Literatur-Partnern die Konditionen ihrer Zusammenarbeit und partizipieren gemeinsam am Erfolg des Buches.

Das gesamte Verlagsprogramm von tredition ist bei allen stationären Buchhandlungen und Online-Buchhändlern wie z. B. Amazon erhältlich. e-Books stehen bei den führenden Online-Portalen (z. B. iBookstore von Apple oder Kindle von Amazon) zum Verkauf.

Einfach leicht ein Buch veröffentlichen: **www.tredition.de**

Eigene Buchreihe oder eigenen Verlag gründen

Seit 2009 bietet tredition sein Verlagskonzept auch als sogenanntes "White-Label" an. Das bedeutet, dass andere Unternehmen, Institutionen und Personen risikofrei und unkompliziert selbst zum Herausgeber von Büchern und Buchreihen unter eigener Marke werden können. tredition übernimmt dabei das komplette Herstellungs- und Distributionsrisiko.

Zahlreiche Zeitschriften-, Zeitungs- und Buchverlage, Universitäten, Forschungseinrichtungen u.v.m. nutzen diese Dienstleistung von tredition, um unter eigener Marke ohne Risiko Bücher zu verlegen.

Alle Informationen im Internet: **www.tredition.de/fuer-verlage**

tredition wurde mit mehreren Innovationspreisen ausgezeichnet, u. a. mit dem Webfuture Award und dem Innovationspreis der Buch Digitale.

tredition ist Mitglied im Börsenverein des Deutschen Buchhandels.

Dieses Werk elektronisch lesen

Dieses Werk ist Teil der Gutenberg-DE Edition DVD. Diese enthält das komplette Archiv des Projekt Gutenberg-DE. Die DVD ist im Internet erhältlich auf **http://gutenbergshop.abc.de**